あの夏、二人は途方に暮れて

神奈木　智

幻冬舎ルチル文庫

CONTENTS ✦目次✦

あの夏、二人は途方に暮れて

✦カバーデザイン= chiaki-k(コガモデザイン)
✦ブックデザイン=まるか工房

イラスト・穂波ゆきね✦

あの夏、二人は途方に暮れて

1

なんか、今日も暑くなりそうだなぁ。

藤原秋光《ふじわらあきみつ》は、からりと晴れ上がった夏の空を溜《た》め息混《いき》じりに仰ぎ見る。

一学期の期末試験を間近に控えてはいるが、今日はせっかくの日曜日だ。昨日図書館で一緒に勉強した親友の遠藤忍《えんどうしのぶ》から「たまには息抜きしようぜ」と誘われたこともあり、遅めの朝食を食べてからのんびりと家を出た。だが、雲一つない炎天下を歩くと思うと、早くも後悔が湧《わ》いてくる。どうせ遠藤と顔を合わせても、だらだら雑談するかレンタル映画でも観て時間を潰《つぶ》すのは目に見えているのだ。

「夏休み目前だっていうのに、男二人でツルむってのも冴えないけど……」

今から行くよ、とメールを送信した後で、実はちょっと苦笑が漏れた。ついでに仲の良い女友達でも誘うか、とも思ったが、正直なところ気楽な男同士の付き合いの方が今は居心地が良い。高校二年に進級した直後、中学から付き合っていたカノジョと疎遠になって以来、何となく誰かを好きになるのが面倒臭くなってしまった。

「……ん？」

返事を待たずに歩き出した途端、ポケットに突っ込んだ携帯電話が着信を知らせる。友人からの返信は『抹茶のアイス買ってきてくれ』という手土産《てみやげ》の催促だった。

「しょうがねぇな。んじゃ、コンビニに寄ってくか」

遠藤の自宅は、秋光の家から徒歩で二十分程の距離だ。だが、生憎《あいにく》と通り道にはコンビニがないので少々遠回りをせねばならなかった。どこで買うかと逡巡《しゅんじゅん》し、古くて小じんまりした児童公園の向こう側に寄ることにする。新しい店舗がオープンしたと聞いて、一度覗《のぞ》いてみようと思っていたところだ。

「突っ切った方が近いな」

さして深い考えもなく、人気《ひとけ》のない公園へ足を踏み入れた。休日なのに寂《さび》れた雰囲気なのは、子どもたちがアスレチックなどの趣向を凝らした自然公園の方へ出かけているからだ。今日び敷地が狭い上にブランコとジャングルジムと鉄棒の三種類だけでは、彼らに見向きもされないのだろう。

でも、俺はけっこう落ち着くんだよな、ここ。

誰に言うともなく、心の中でこっそりと呟《つぶや》く。

子どもの頃、この公園は世界の中心だった。行けば必ず友達がいたし、ケンカも仲直りも全部この空間で経験してきたのだ。今でこそ滅多《めった》に近寄らないが、秋光にとっては懐かしい思い出の場所でもある。

「うわ、全然変わんないなぁ」

感慨深げに周囲を見渡し、思わず声を漏らした。手入れをされていないのか遊具には錆《さび》が浮き、あるいはペンキが剝《は》げて醜悪な姿を晒《さら》している。それでも、記憶にうっすらと残る配置そのままに現役で頑張っているのが嬉《うれ》しかった。

「そうそう、このジャングルジムを基地にしたんだっけ。それで、あっちの……」

はしゃいだ気分で視線を移した次の瞬間、ドキンと鼓動が胸を叩《たた》く。

「あっち……は……」

再生ゾーン。幼い秋光たちは、古ぼけたベンチをそう呼んでいた。基地から敵の陣地へ攻め込む中間に置かれていたので、そこは戦士の休息所と決めていたのだ。

今、再生ゾーンに一人の男性が座り込んでいた。

がっくりと力尽きた様子で膝《ひざ》に頬杖《ほおづえ》をつき、何度も地面に溜め息を落としながら。

「…………」

思わぬ第三者の存在に、秋光はそのまま目を奪われる。

素人目《しろうとめ》にも上等な三つボタンのスーツと、丁寧に磨かれた高そうな革靴。どこからどう見てもエリートビジネスマンといった風体《ふうてい》の彼は、うらぶれた児童公園にはかなり場違いな存在だった。ただし、次から次へと吐き出される溜め息がなければ、の話だが。

あ、まただ。

心の中で呟いた。いい大人《おとな》のくせに、この途方に暮れた感じは何なのだ。

丸めた背中、覇気のない佇《たたず》まい。表情は俯《うつむ》いているのでよくわからないが、彼がひどく落ち込んでいるのは嫌と言うほど伝わってくる。

「困ったな……」

コンビニへ向かう側の出入り口はベンチの近くにあって、嫌でも彼の前を横切らなくてはならなかった。けれど、相手は明らかに普通の様子ではないし、こちらの存在にも気づいていないようなので、下手《へた》に刺激することになったら面倒臭い。

どうしよう。やっぱり、引き返した方がいいかも。

たっぷり一分は迷ってから、秋光は諦《あきら》めて後退《あとずさ》りを始めた。この際、アイスなんかどこで買ったって同じだ。慎重に二、三歩下がり、くるりと踵《きびす》を返しかけた刹那《せつな》、不意に男性が顔を上げた。同時に、それまで隠れていた表情が束《つか》の間《ま》、視界の端を掠《かす》める。

「え……?」

見間違えだろうか、と咄嗟《とっさ》に思った。だが、視線は彼に釘付《くぎづ》けになる。

漆黒《しっこく》の瞳《ひとみ》が、潤《うる》んでいた。

それも、ただ濡《ぬ》れているだけじゃない。大きな涙の滴《しずく》が、今にも零《こぼ》れ落《お》ちそうに揺れているのだ。二十代半ばの男、しかもエリート然としたルックスの持ち主がこうまであけすけに泣いている姿など、秋光は今まで見たことがなかった。

もしかしたら、ドラマの撮影か何かだろうか。そんなバカげた考えが、ふっと頭に浮かんだ。それくらい彼は浮世離れして見えたし、実は俳優なんだ、と言われても納得できる端正な顔立ちもしていたからだ。

だが、秋光はすぐにその思いつきを却下した。目の前の光景は確かに非現実的だが、彼の涙はとても演技には見えなかったのだ。それどころか、本当は流れる涙の何倍も心の内で泣いているのでは、と心配になるほど、濡れた眼差《まなざ》しが危うげに映る。

秋光は、無意識に唾《つば》を呑《の》み込んだ。指先が冷たくて、ひどく緊張している。今すぐこの場を立ち去るべきだと脳内で警告が聞こえたが、あえて逆らうことにした。

だって、こんなの放っておけないだろ。

思い切ってベンチに近づきながら、無謀《むぼう》な決心に言い訳をする。

通りすがりの見知らぬ相手、しかも大人の男性に自分ができることなど何もない。見ない振りをして退散するのが利口だし、余計なお世話だと罵倒《ばとう》される可能性だってあった。そもそも、秋光だっていつもこんなお節介をするわけじゃない。

それなのに、彼のことは無視できなかった。

こんな淋《さび》しい場所に、一人ぼっちで泣かせておきたくない、と思ったのだ。

「あの……」

遠慮がちにベンチの前まで来てから、勇気を出して口を開いた。我ながら、滑稽《こっけい》なほど声が上ずっている。相手がパッと視線をこちらに移し、面食らったように瞬《まばた》きをした。

「あ……」

弾みで、溜まった滴がするりと頬へ零れ落ちていく。これでは、彼もごまかしようがないだろう。そのまま気まずい沈黙が続き、秋光は出過ぎた行為を早くも後悔し始めた。

「あ、あの……すみません、その……」

「…………」

ああ、ダメだ。焦っているせいか、ちっとも頭が働かない。

男性は、しばらく惚《ほう》けたようにこちらを見ていた。まさか、自分以外に人がいるとは夢にも思わなかったという顔だ。しかし、唐突に自分の涙を自覚したのか、手のひらでグイと乱暴に目許《めもと》を拭《ぬぐ》った。

「えと……つまり、俺は……」

「何か御用ですか？」

きつい声音《こわね》で睨《にら》みつけられ、秋光はますます言葉に詰まる。だが、険しい表情にも拘《かかわ》らず、彼の瞳はまだしっとりと濡れていた。それが妙に艶《なま》めかしくて、不謹慎にも小さなときめきを覚えてしまう。男相手に、と狼狽《うろた》えていると、相手はすっくと立ち上がった。

「用がないなら、失礼します」

冷たく言い放ち、彼は返事も聞かずに歩き出す。初夏の太陽が照りつける中、その後ろ姿だけが涼しげな空気に満ちていた。この期に及んでもまともなセリフ一つ言えずに、秋光は成す術《すべ》もなく呆然《ぼうぜん》と見送る。公園を出て姿が消えるまで、彼はとうとう一度も後ろを振り返らなかった。

「……行っちゃった」

ポツリと、独り言が口をついて出た。その途端、無性に腹が立ってくる。いきなり話しかけたのは悪かったが、あんな目つきで睨まなくてもいいではないか。こっちは心配してやっただけで、泣かした張本人でも何でもないのだ。

「そりゃあ、決まり悪いとは思うけどさぁ」

男前のビジネスマンが、白昼堂々公園で泣いていた。こんな場面を見れば、誰だって興味は引かれるだろう。「見て見ぬ振りが武士の情け」とわかっていても、心配で無視も放置もできなかったのだ。決して、興味本位や好奇心からなんかじゃない。それなのに、まるで野次馬か何かを見るような……いや、無理もないことだけど、でも……だけど——。

「やっぱ……失礼だった……かもしれない……」

冷静になるにつけ、徐々に怒りが萎《しぼ》んでくる。

やっぱり、声なんてかけるべきではなかった。秋光が彼の立場でも、頼むから無視してくれと願ったと思う。そんな相手の気持ちも考えず、意味不明の衝動にかられた自分が間違っていたのだ。

「どうかしてたよ……ほんと」

去り際の瞳を思い出すと、胸がざわざわと波立った。どこの誰なのかもわからないし、謝りたくても今更だ。それなら二度と会えなくてもいいから、少しでも早く彼の悲しみが癒《い》えますようにと祈るしかない。

待ちくたびれた遠藤が携帯を鳴らすまで、秋光はそこから動けなかった。

「それって、リストラじゃねぇ？」

「リストラ？」

「だって、真昼間の公園でスーツ着た男が泣いてたんだろ？　他に考えられるか？」

自宅の居間でリクエストの抹茶アイスを食べながら、遠藤がしたり顔でコメントをする。彼にしてみれば「他人のリストラより目の前の期末」だろうから、お気軽な決めつけも無理はなかった。

「でも、今日は日曜日だぞ」

あっさり結論を出されて不満な秋光は、ムキになって言い返す。

「わざわざ休日に、リストラ宣告とかされるかな。いいスーツを着ていたし、けっこう二枚目でさ。リストラとか、そういう目に遭いそうな人とは思えないんだよな」

「ルックス良くても、仕事はできないかもしれないじゃん。ていうか、藤原は何でそんなにそいつの肩を持つんだよ？　知り合いでも何でもないんだろ？」

「べ、別にそういうわけじゃ……」

「これが美人ＯＬとかさ、年上の美しいお姉さまとの出会いなら俺もあやかりたいけど」

スプーンを銜《くわ》えたまま、遠藤はそう言ってわざとらしく嘆いた。もっともな意見に、渋々と秋光も引き下がる。確かに、縁もゆかりもない相手をムキになって擁護するなんてどうかしていた。

「ま、反面教師としていい体験したんじゃね？　俺たちは、将来リストラの憂き目に遭ったとしても、昼間の児童公園で泣いたりするもんじゃないってさ。そうしないと、見ず知らずの男子高校生に同情されてもっと惨《みじ》めな思いをしちゃうわけだ」

「おまえ、リストラ前提で完結すんなよ」

「どっちにしたって、もう気にするなって。どうせ、もう会わない相手なんだから」

「………」

呆気《あっけ》なくケリをつけられ、この話題はそこまでとなる。

秋光の予想通り、結局その日は冷房の効いた部屋でだらだらと過ごした。パッとしない休日だが、最近はいつもこんな感じだ。恋愛はともかくとして、秋光は部活もやっていないし夢中で打ち込めるような趣味もない。けれど、ただ漫然と過ぎていく日々がこの頃はたまらなく空《むな》しく思える時があった。そんな時に見た彼の涙はあまりに現実離れしていて、そこに強く魅了されたのかもしれない。遠藤が言うように二度と会えない相手だろうが、不思議な高揚感はいつまでも心に残っていた。

「なぁ、藤原。おまえ、試験勉強捗《はかど》ってる？」

「いや……全然」

現実逃避を窘《たしな》めるように、無粋な一言で我に返らされる。

やんなっちゃうよなぁ、と大きく顔をしかめると、意味を勘違いした遠藤が「俺もだよ」としみじみと同意してきた。


秋光は、自分でも要領のいい方だと思っている。試験のヤマかけも得意だし、記憶力にも自信がある方だ。けれど、今回の期末に限って言えばあまり期待ができなかった。勉強している最中、ちらちらと公園の風景が頭をよぎり、だいぶ集中を妨げてくれたからだ。

あれから、一度だけあの場所へも出かけてみた。けれど、もちろん彼がいるわけもなく、仄《ほの》かな望みはあっさりと裏切られる。顔を合わせたところで何を話すという目的もないのだが、今度は楽しそうに笑っているといいな、とは思った。

「あ、今日って〝フルボ〟の発売日じゃん」

駅前で遠藤と別れた後、定期購読している雑誌の発売日だと気づき、急いで方向転換をする。憂鬱《ゆううつ》の種だった期末試験も昨日で終わり、後は夏休みを待つだけだった。今年の夏は予備校に通う予定もなかったので、せめてバイトでもしようかな、なんて考えている。大型書店を出た時には、その手の情報誌もしっかり買い込んでいた。

「ん？」

七月下旬ともなると、夕方近くになってもまだあちこちに日だまりが残っている。交差点の信号で立ち止まった秋光は、アスファルトに伸びる自分の影にふと視線を留めた。

何だ、これ。

夏服のシャツが風にはためくシルエットに、別の黒い影が混ざっている。後ろに立った人物が、何か大きな物を抱えているようだ。セロファンの擦《こす》れる音に何気なく視線を移すと、視界一杯に一抱えはありそうな花束が飛び込んできた。

「わ……」

面食らって声が出たが、周囲の人間も同様にちらちらと注目をしているようだ。ガーベラやバラを鮮やかなオレンジの色味でまとめた花束で、全体に散らされた白い小花が可憐に品を添えている。たっぷりと太陽を浴びた健康的な花々は、見ているだけでも元気をもらえそうな見事なものだった。

しかし、視線を集めているのはそれだけが理由ではない。問題は、その持ち主だ。花束で顔はほぼ隠れているが、抱えているのは明らかに男性だった。しかも、花屋などの軽装ではなく堅苦しいスーツを着ている。何かのお祝いかもしれないが、あまりにちぐはぐな組み合わせなので嫌でも人目を惹《ひ》いてしまう。

この奇妙な感じ、ちょっと前にもあったな。

秋光が既視感に捕らわれていると、突然ゆらりと花束が揺れた。

「ちょ……ちょっとっ！」

信号はまだ赤なのに、花束の持ち主はゆっくりと車道へ踏み出していく。車の行き来などまるで見えていないのか、彼はそのままふらふらと中央に向かって歩き始めた。

「あんた、戻れよっ！　危ないって！」

驚いて大声で叫んだが、一向に足を止める気配はない。秋光は反射的に飛び出し、相手の腕を摑《つか》んで力任せに引きずり戻した。勢い余って尻《しり》もちをついた二人の手前で、車が急停車する。

「あっぶねぇ～……」

無事だとわかった途端、ドッと冷汗が噴き出てきた。運転手が血相を変えて窓から顔を出し、「何やってんだ！」と怒鳴りつける。周囲のざわめきが一際大きくなり、今更ながら危機一髪だったのだとゾッとした。

「あ〜あ……」

せっかくの花束が、目の前で次々と車輪の下敷きになっていく。リボンは解《ほど》け、花弁がバラバラに飛んで、車道はみるみる舞い散る花で一杯になった。傷ましくも無残な光景に秋光はちらりと持ち主の方を見たが、男は呆然と座り込んだまま少しも動こうとしない。

「おい、あんたっ。おいってばっ」

足止めを食らった運転手がクラクションを鳴らし、「早くどけ」と急《せ》かしてきた。秋光は慌てて立ち上がり「すみません」と代わって頭を下げる。それから急いで男の腕を再び摑み、乱暴に引っ張り上げた。

「とにかく立って！　早く立てってばっ！」

「あ……――」

放心状態だった彼も、ようやく状況が飲み込めてきたらしい。気まずい顔で秋光の手を振り払うと、一人でよろよろと立ち上がった。歩道に戻った途端、運転手が口汚い捨てゼリフを残して走り去っていき、やっと信号が青になる。成り行きを見守っていた人々があからさまに好奇な視線を投げながら、そそくさと二人を残して横断歩道を渡っていった。

「……あんたは？　行かないの？」

俯いて背中を向けたままの男に、秋光が小さく声をかけた。

「なぁ、聞いてる？」

案の定、返事はない。けれど、こうなると乗りかかった船という気分だ。

「あのさ、余計なお世話だろうけど、また信号が赤になっちゃうよ？」

「……いいんだ」

「え？」

「別に……向こうに用事があるわけじゃないから……いいんだ。放っておいてくれ」

「…………」

それは、周囲の雑踏にかき消されそうなほど弱々しい声音だった。とても、幾つも年上の相手が出しているとは思えない頼りなさだ。

「あの、でもさ……せっかくの花が……」

返事がもらえたことに安堵《あんど》し、秋光はそっと彼の肩に触れようとする。だが、先刻と同じ強い調子でまた振り払われてしまった。同時に、彼の手が当たった場所から鋭い痛みが駆け抜ける。

「痛っ！」

反射的に出た自分の声に驚き、右肘《みぎひじ》へ視線を移してみた。先ほど怪我《けが》をしたのか、擦りむけて血が滲《にじ》んでいる。さすがに無視はできなかったのか、相手がすぐさま振り向いた。

「どうした？」

別人のように凛《りん》とした声で、彼がきびきびと近づいてくる。

「怪我をしたのか？　……そうか、さっき転んだ時か……」

「や、別に大したことは……」

「――すまなかった」

え、と秋光は絶句した。

それまでの態度が嘘《うそ》のように、神妙な顔つきで謝られてしまった。

「本当に申し訳ない。俺の責任だ。傷口を洗って、今から病院へ行こう」

「えっ、そんな大袈裟《おおげさ》だよ。ただの擦《かす》り傷だし、こんなのすぐ治るから……」

「そういうわけにはいかないよ」

秋光の右腕に丁寧に触れ、彼は眉間《みけん》に皺《しわ》を寄せて傷口を見つめている。こうして改めて対《たい》峙《じ》してみると、百七十センチちょうどの秋光より身長はかなり高く、やや細身だがスーツのよく似合うバランスのいいスタイルをしていた。

(どっかで……見たことある顔だよなぁ……)

面映《おもは》ゆい気持ちで腕を預けながら、俯き加減の整った容貌《ようぼう》にこっそりと注目する。サラリーマンの知り合いなんか一人もいないはずだけど……と不思議に思った時、彼の泣いている姿が突然脳裏に浮かび上がった。

あっ！　と心の中で秋光は叫ぶ。

思い出した。間違いない。

正面からちゃんと見ていなかったので気づくのに遅れたが、目の前にいるのは公園で泣いていたあの彼ではないか。

「あ、あの……」

「何……？」

あんまり秋光が呆《ほう》けた様子なので、相手も何か変だと思い始めたらしい。腕から顔を上げると、初めて視線を合わせてきた。そうして、次の瞬間には同じように目を見開く。

「……君は……」

「やっぱり、そうだよね？」

向こうも自分を覚えていたとわかり、たちまち興奮に包まれた。二度と会えないと思っていただけに、再会の感激もひとしおだ。高揚した秋光は調子に乗って口を開きかけたが、言葉を発するより先に相手の表情が曇《くも》った。

「君だったのか……」

苦々しげな一言に、彼がまるきり喜んでいないのが伝わってくる。それでも、今回は危ないところを救われたということもあり、前のようにさっさと立ち去ろうとはしなかった。

うん……。でも、まぁ気持ちはわかるよ。

居たたまれない、といった顔を見て、秋光はこっそり同情する。いい大人が、学生に無防備な泣き顔を見られたのだ。しかも慌てて逃げ出した相手とばったり出くわしたのだから、気まずいなんてものじゃないだろう。

「あの、えーと、病院はいいです。本当に大丈夫だから」

ゆっくりと右手を引き、秋光は一生懸命に言葉を探した。それじゃ、と言って姿を消すのがベストだと頭ではわかっているのに、どうしても足が言うことを聞かない。相手は明らかに困惑しており、しかし己のせいで怪我を負わせた罪悪感からか、こちらの出方を待っているようだ。彼には大変申し訳ないが、そこに甘えてしまおう、と思った。

「あ、俺は藤原秋光って言います。青鳳《せいほう》学院の二年生です」

「え……」

いきなり自己紹介を始めたので、相手はますます戸惑っている。もう後には引けない気分で、秋光は大胆に距離を詰めた。

真《ま》っ直《す》ぐに、彼の瞳を見つめ返す。

微《かす》かな気後れや羞恥《しゅうち》を押し隠し、こんな偶然は二度と起こらないから、と勇気を出した。

「不躾《ぶしつけ》な質問だから、もし本当に嫌だったら答えなくていいです」

「…………」

「名前……訊《き》いてもいいですか」

「え、あ、うん」

勢いに飲まれたように、彼がこくりと頷《うなず》く。

「……高林《たかばやし》だよ。高林雅彦《まさひこ》」

気負っていたこちらが拍子抜けするくらい、あっさりとした口調だった。たかばやしまさひこ。秋光は胸で反芻《はんすう》してから、ほうと長く息を吐く。ずいぶん緊張していたらしく、ひどく喉《のど》が渇いていた。

「ええと……藤原くん、だよね？」

「あ、はい」

「こちらこそいきなりな提案だけど、良かったらどこかに場所を移さないか？　病院が大袈裟なら、せめて手当てくらいはしないと。それに、その、お礼もしたいし……」

「お礼？」

意味がわからずキョトンと問い返すと、雅彦は心なしか目許を赤らめる。

「だって、君は命の恩人だろ。それなのに、さっきはひどい態度を取ってしまったし」

「いや、そんな大したことじゃ」

「ちょっと、いろいろあって混乱していて。でも、お蔭《かげ》で少し落ち着いたよ。それに、君にはもう充分にみっともないところを見られているんで……今更カッコつけてもなぁ」

「高林さん……」

照れ隠しに笑う顔が、大人なのに少し可愛《かわい》く見えた。まさか笑顔が見られるなんて、と秋光はじんわり感動する。それほど、初対面の雅彦は不幸の塊《かたまり》に思えたのだ。

「うん、今更だと思うよ」

弾む心のまま、秋光もにっこりと言い返した。物怖《ものお》じしない返答に雅彦が目を瞬《しばた》かせ、それから今度はくすくすと声に出して笑う。こんな展開、遠藤が聞いたら何て言うだろう、なんて余計なことまで考えながら、表面上はあくまで澄まし顔で言った。

「じゃあ、高林さん。とりあえず歩きましょうか？」


浮いてる。

俺たち、すっごい浮きまくってる。

こみ上げる笑いを懸命に押し殺し、目の前に座る仏頂面の雅彦を盗み見る。いつまでも一人で楽しんでいないで何か話しかけないと、と思った矢先、ウェイトレスの女の子がテーブルに近づいてきた。

「お待たせしました。アイスカプチーノとミネラルウォーターです」

生クリームののったカプチーノは秋光、ミネラルウォーターは雅彦の注文だ。秋光の提案でオープンしたばかりの小綺麗《こぎれい》なカフェに入った二人は、窓際の席に案内されてオーダーを済ませたきり、ほとんど会話を交わしていなかった。

「君は……」

長く黙っていたせいか、雅彦は発音に詰まって咳払《せきばら》いをする。エリート然としたスーツ姿の男と男子高校生の組み合わせは甘ったるい雰囲気のカフェにはかなり不似合いで、本人も自覚があるせいか居心地がだいぶ悪そうだ。実際、秋光だって普通なら男同士で入ろうとは思わないが、雅彦が渋る様子を見せたので逆にワガママを通したくなってしまった。

「何、高林さん？」

君は……の後がなかなか続かない雅彦に、ご機嫌で問い返す。

「もしかして、俺が意地悪してるとか思ってる？」

「あ、いや、そこまでは……。でも、何となく視線を感じるのは気のせいじゃないよな」

「そりゃ、普通にしていたって俺たち違和感ある組み合わせだし。パッと見、何の接点もなさげだもんな。でも、俺はこの店に一度入ってみたかったから誘っただけ。男一人より、連れがいた方がまだ入りやすいじゃん」

「そういうものかな……」

逆に悪目立ちして良くないんじゃ、とでも言いたげに彼は語尾を濁した。確かに、店内は女の子のグループかカップルばかりなので、秋光も自分たち二人が異質な存在なのは嫌でも意識させられる。最初は単純に面白がっていたが、「違和感ある組み合わせ」という自分の言葉に反発したい気分がないわけではなかった。

「いいじゃないか、人の目なんかどうだって」

「え……」

思いの外、強い口調で言い切ると、またしても雅彦が面食らった顔をする。けれど、秋光に見せてきた情けない姿を思い出したのか、そのまま複雑そうに黙り込んでしまった。

「あ、ち、違うよ？　今のは、高林さんに当てこすったわけじゃなくて……」

「うん、わかってるよ。ごめん、少し自己嫌悪に陥ってた。君が意地悪な子でなくて、本当に幸運だったよ。そこだけは、俺も運が良かった」

「高林さん……」

意地悪じゃないけど、お節介だったよね。

思わず、そう訊きたくなったのをグッと秋光は堪《こら》えた。せっかく雰囲気が柔らかくなってきたのに、無粋な質問で台なしにはしたくない。

先ほどとは違う、穏やかな沈黙がしばらく続いた。秋光はカプチーノをゆっくり飲み、雅彦はコップに移したミネラルウォーターを美味《おい》しそうに口へ含む。窓の外は真夏だというのに、ここだけは水槽の中のようだとボンヤリ思った。

「それはそうと、怪我は本当に大丈夫なのか？　今からでも病院に行った方が……」

口を開いたのは、雅彦の方が先だった。まだ気にしているのか、と秋光は苦笑し、わざと乱暴な仕草で絆創膏《ばんそうこう》を貼った右肘を見せる。

「平気だって。さっき、化粧室で傷口は洗ったたし、行きがけに買った絆創膏で血も止まってる。擦り傷くらいで、ちまちま病院なんか行ってられないよ」

「だけど、雑菌でも入ったら」

「高林さん、心配しすぎだよ。そんなんじゃ、せっかく奢《おご》ってくれているのに楽しくないだろ。さっきも言ったように、念願叶《かな》ってやっと入れた店なのにさ」

「君は……楽しいのか？」

「え、楽しいよ？」

真顔で問い返されたので、秋光も大真面目《おおまじめ》に答えた。

だって、こんな偶然の出会いで一緒にお茶までしているなんて、何だか『日常』じゃないみたいだ。映画とかドラマでよく見るシチュエーションに、まさか自分が当てはまる時が来るなんて思わなかった。唯《ただ》一つ難を言うなら相手が男だって点だけれど、高林と話していたらそんなのはまったく気にならなくなった。

「君って、おかしな子だな」

理解不能、といった顔つきで、高林が短く溜め息を漏らす。だが、決して嫌な感じではなかった。段々と秋光のペースに慣れてきたのか、口許には微笑すら浮かんでいる。

「え、おかしいかな？　俺、高林さんの命の恩人なのに？　名誉の負傷までしたんだよ？」

「いや、それは感謝しているよ。だけど、今どきの高校生にしては面倒見がよすぎるというか、お節介というか……他人に関わるより、無関心で過ごす方が楽じゃないのか?」

「お節介の自覚はあったけど、はっきり言われると傷つくなぁ」

あ〜あ、と拗《す》ねた声を出し、秋光はひょいと相手の目を覗き込んだ。間近で見つめる彼の瞳は、憂《うれ》いと困惑の狭間《はざま》で揺れている。我を失って車道に出るほどの悲しみは、やはり簡単には消え去らないのだろう。

切ないなぁ、と心に想いが浮かんだ。

こんなに弱っている人を、やっぱり放ってはおけないよな。

「あのさ、高林さん」

「な、何かな」

「気軽に〝今どき〟なんて言うけどさ、高校生ってだけで一括《ひとくく》りにしないでほしいな。俺たちだって、一人一人が違う人間なんだよ? いろんなタイプがいて当然だし、そもそも助けられておいて〝お節介〟とか言うのは、立派な大人のセリフじゃないんじゃないの?」

「俺は、立派な大人なんかじゃないよ」

自嘲《じちょう》気味《ぎみ》に呟くと、雅彦はそっと秋光から視線を外した。

「俺がもし立派な大人だったら、高校生の君に二度も迷惑をかけたりしない」

「高林さん……」

「君……藤原くんだっけ。本当は、俺に訊きたいことがたくさんあるんだろう? だから、わざわざこんな店まで引っ張ってきたんじゃないのか？」

「…………」

「もちろん、場所を移そうと言ったのはこっちだ。でも、さっきから君は俺の反応を楽しんでいるようだし、俺自身に興味があるのも凄《すご》く感じるよ。だったら、遠慮しないで何でも訊けばいい。言いたくないことは、答えないから」

「訊いて……いいの……？」

「どうぞ」

思わぬ攻めの姿勢に驚き、今度はこちらがたじたじとなる。

泣き顔の印象が強くてあなどっていたが、やはり上等なスーツは伊達《だて》じゃない。どんなに弱々しい面を見せようとも、高林は自分よりもちゃんとした『大人』なのだ。

「えーと、じゃあ」

「うん」

何だか、急にお見合いのようになってきた。改まった空気に照れ臭さを覚え、秋光は心なしか早口になる。

「あの、高林さんって……何歳？　見た目は、そんなにおじさんって風でもないよな？」

「……当たり前だ。まだ二十六だよ」

本気か冗談か、少々ムッとした声音が返ってきた。だが、男子高校生相手に若いと威張《いば》れる年でもないと思ったのか、すぐに気を取り直したように「他には？」と促してくる。

「ちなみに、秋には二十七歳になる。大学を出て就職して、社会人五年目だな」

「五年目かぁ。じゃあ、どんな仕事をしてるの？　スーツを着ているんだから、サラリーマンなんだよね？　この間は日曜日だったけど、あれは……」

「矢継ぎ早だな」

　くすりと苦笑いをし、雅彦はまた口を開いた。

「建設会社に勤めているんだ。俺は、ビルなんかの図面を引いている。休日出勤もザラだし、残業もしょっちゅうだ。そういう、どこにでもいる平凡なサラリーマンだよ」

「自虐的だなぁ。ビルの図面なんて凄いと思うのに」

「それは、誰にでもできる、とはさすがに言わないけど……」

　投げやりな説明に文句をつけると、控えめなフォローが入った。そんなささやかなやり取りに、秋光はますます嬉しくなる。初めに一番カッコ悪いところを見られているせいか、雅彦も秋光に対しては外面を取り繕う気持ちが失《う》せているようだった。

「あ、でもさ。俺、高林さんが平凡っていうのだけは納得できないな」

　ここだけは強調しておかなくては、としっかり語気を強める。すると、雅彦は意外にも笑みを含んだまま「どうして？」と訊き返してきた。

「俺が公園で泣いていたり、赤信号なのに渡ろうとしたりするからか？」

「……そうじゃなくて。高林さん、かなり男前じゃん。俺、最初に公園で会った時、マジでドラマの撮影かと思ったぐらいなんだよ？」

「え……」

秋光の言葉を聞くなり、雅彦の表情が微かに変わる。年下の同性から容姿を褒められるのが奇異に思えたのか、あるいは秋光の知らない理由のせいだろうか。けれど、こうして間近から見た彼は、やっぱり美形と呼ぶに相応《ふさわ》しい整った容貌をしていた。

全体的には繊細な印象の方が強いが、切れ長の瞳には実年齢に相応しい知的な輝きと落ち着きがある。優しい曲線の眉《まゆ》や真っ直ぐに通った鼻梁《びりょう》、甘い顔立ちを引き締める尖《とが》った顎《あご》など、一つ一つが嫌味にならないバランスの良さだ。それらが絶妙に引き立て合い、雅彦という人間の魅力を奥行あるものに仕上げていた。

うん、やっぱり見ていると気分がいいよな。

秋光が最も好きなポイントは、しかし顔よりも何気ない仕草の方にあった。

優美な手の動きや憂いを含んだ目線、そんな小さなところにすぐ目が留まるし、いつまでもしんみりと心に残る。向かい合っていると、改めてそれを強く感じるのだ。

ただ一つ、問題があるとすれば。

それは、雅彦が自分と同じ男だという事実だった。先日の遠藤のセリフじゃないが、これで相手が「美人のお姉さま」なら何もおかしなことはないだろう。だが、年上のサラリーマンを捕まえてしみじみ顔立ちだの雰囲気だのを堪能しているなんて、健全な青少年の嗜好《しこう》としては少々常軌を逸している。それくらいの自覚は、秋光にもあった。

でもさ、世のサラリーマン全部にこんなこと感じたりしないしさ。

高林さんにだけ――なんだよな。

こっそり自分に言い訳しつつ、モヤモヤとストローに口をつける。アイスカプチーノは氷がほとんど溶けて、後味の悪さが胸の支《つか》えを増やしただけだった。

「……の？」

「えっ」

唐突に沈黙を破り、雅彦が話しかけてくる。

秋光は不埒《ふらち》な心を悟られまいと、思い切り挙動不審になってしまった。

「なっ、何か言った？　ごめん、ボンヤリしてた」

「そんなに焦らなくても大丈夫だよ。バイトを探してるのって、訊いただけだから。ほら、情報誌を持ってるだろう？」

「まぁ……もうすぐ夏休みだし」

ちらりと視線を移したテーブルの隅には、汚れた書店の紙袋が置いてある。先ほど転んだ拍子に袋が破けたので、雅彦はそれに目を留めたのだろう。彼は何度目かの「ごめんよ」を口にしてから、懐かしむような調子で言った。

「夏休みのアルバイトか。いいな、俺も学生時代を思い出すよ。いろんな経験ができて楽しかったし、もう一度あの頃に帰ってみたいな」

「……俺は、早く大人になりたいけど」

「どうして？　長い休みはないし、人間関係は煩わしいし、いいもんじゃないよ」

「でも、高林さんはビルの図面を引く人になりたかったんでしょう？」

「え？」

どういうわけか、秋光の素直な問いかけに雅彦は一瞬ためらいをみせる。

「なりたかったというか、何というか……」

「違うの？　本当は、他にやりたいことがあったりとか？」

「いや、それはないけど。一応、建築科出身だし」

「なーんだ。それなら、なりたいものになれたんだよね。俺、すっごく羨《うらや》ましいよ。俺なんか、自分がどんな職業に就きたいのかもまだよくわかんないし。とりあえず、まだ二年で受験も切羽詰まってないからバイトでもしようかなって、それくらいだもん。それに、やりたい仕事があっても、今はなかなか就職も厳しいし。もしも高林さんが立派な大人じゃないって言うなら、俺なんか立派な若者とは言えないよ」

「そ、そんなものかな」

まともに会話するのは今日が初めてなのに、何故《なぜ》だか秋光の舌は滑《なめ》らかだ。訊かれもしない将来への漠然とした不安も、少しも構えることなく素直に話せてしまう。そんな自分に心の中で首を傾《かし》げていたが、不意にストンと理由がわかってしまった。

そうか。俺、この人に自分のこと知ってもらいたいんだ。

一方通行の好奇心じゃなく、雅彦にも興味を持ってもらいたい。いつの間にか、秋光はそんな風に思い始めていた。友人にすらわかってもらえない微妙な気持ちを、年齢も環境も違う雅彦になど理解してもらえるわけもないのに。

けれど。

「君は、面白いことを言うね」

初めは戸惑っていた雅彦が、そう言って柔らかく微笑《ほほえ》んだ。それは、適当な相づちや無責任な同意とはまったく異質な、とても誠実な響きだった。

「じゃあ、〝立派じゃない〟俺と秋光くんは揃《そろ》って落ちこぼれてるってことか。それなら、ここで二人が知り合ったのも何かの縁かもしれないね」

「高林さん……」

「……ごめん。俺、もうそろそろ行かないと。実は、仕事を残してきているんだ」

「え……もう行っちゃうの？」

「うん。会計は済ませておくから、秋光くんはゆっくりするといいよ。なんだったら、他にも何か頼んでおこうか？」

「そんなのいいけど……」

腰を浮かしかけた雅彦に、秋光はたちまち心細さに見舞われる。結局、自分は彼について何も知らないに等しいわけだし、そうかと言ってこれ以上引き止める理由も思いつかなかった。わかっているのは、まだもう少し一緒にいたいという、個人的な感情だけだ。

「そんな頼りない顔されても……まいったな」

困らせてるな、と心配した通り、雅彦は軽く眉根を寄せている。そのまま再び椅子《いす》へ腰かけると、今度は観察するようにまじまじと秋光を見つめ返してきた。

「……見かけは、今どきの子なのにね」

「え？」

「秋光くんだよ。君、けっこう女の子にモテるだろう？　人懐こいし、顔立ちもなかなかだし……何より清潔感がある。付き合っている子はいるのかな？」

「モテるかどうかは知らないけど……付き合ってた相手とは、とっくに自然消滅」

「勿体《もったい》ないな。その子は見る目がないよ。あと二、三年もしたら、いい男になるだろうに」

「そんな……」

本気か冗談かわからず返事に困っていたら、雅彦がおもむろに上着の胸ポケットから革の名刺入れを取り出した。目の前に置かれた紙片には、彼の名前や部署名などが紺色の文字で刷られている。

「何……」

「ちょっと待ってて」

秋光が見ている前で名刺を引っ繰り返すと、雅彦は裏側にペンで何かを書きつけた。

「はい、これ。プライベートな住所と電話番号。もし、また何か話したいことができたら、いつでも連絡してきて構わないから」

「い……いいの？」

「俺みたいな〝立派じゃない〟社会人が話し相手でもいいならね」

「そんな、あれは言葉のアヤで……俺、高林さんが落ちこぼれなんて思ってないよっ」

「だったら、俺と同じだ。俺も、君が落ちこぼれなんて思ってないよ」

「………………」

不覚にも、かあっと顔が赤くなるのがわかった。去り際にそんなセリフを吐くなんて、最後の最後にしてやられた気持ちだ。

「何度も言うけれど、君は命の恩人だからね」

狼狽《ろうばい》する様子を微笑ましげに見つめ、雅彦は穏やかな声で言った。

「それに、とても優しい子だ。本当は、名前や職業以上に訊きたいことがあったんだろう？何故、公園で泣いていたのかとか、車道に飛び出しそうになったのはどうしてか、とか。でも、君は無理やり訊き出そうとはしなかった。物怖じしないし少々お節介なところはあるか

もしれないけど、本当は繊細で人の痛みがわかる子なんだなって思うよ」

「ほ……褒めすぎだよ」

「だから、こんな言い方は慣れていないんだけど」

「え？」

「もしも君が同意してくれるなら……友達になろう」

ほんの少し照れながら、それでも真っ直ぐに雅彦が見つめてくる。

友達になろう——だって。

名刺を手渡され、秋光はまさに「天にも昇る心持ち」になった。昔から物語ではよく見かける言葉だが、身をもって体験したのはこれが初めてだ。

それじゃ、と言って伝票を摑み、雅彦が今度こそ席を立つ。秋光は夢見心地で頷き、できるだけ上等な笑顔で彼を見送った。

「……やったね……」

ドキドキと高揚する気持ちを満喫しながら、しばらく手の中の名刺を弄《もてあそ》ぶ。

やがて完全に分離したアイスカプチーノをいっきに飲み干すと、秋光は綻《ほころ》ぶ口許もそのままに、携帯電話へ彼の住所と電話番号を登録した。

2

「それって、ヤバくね？」

　ある程度の想像はしていたが、秋光の話を聞いた遠藤は眉をひそめた。

　放課後の教室で他には誰もいないとはいえ、完全に人気が絶えているわけでもない。それなのに親友は無遠慮に声を張り上げ、慌てる秋光をよそに小難しげに両腕を組んだ。

「おまえさ、街で女の子をナンパするのとはワケが違うんだぞ。何、ホイホイお茶とか奢られてんの。相手はオッサンで、しかも何やら怪しい奴じゃんか」

「怪しくなんかないって。名刺の会社もちゃんとした一流のところだし、話してみたら全然感じがいい人で……第一、オッサンって年じゃ……」

「二十六なんて、充分年寄りじゃないか」

　ずいぶんな暴言を吐き、遠藤は窓からグラウンドを見下ろす。今年も予選敗退で甲子園に行き損ねた野球部が、それでも腐ることなく熱心にランニングをしていた。

「眩《まぶ》しいねぇ、青春って感じで」

　悪気があるわけではないだろうが、遠藤の呟きに秋光は少しムッとする。少なくとも、眼下を走る彼らには夢中で追えるものがあった。たとえ世間に誇れる成果に繋《つな》がらなくても、好きだという思いは欠片《かけら》も曇らない。その姿勢は、充分尊敬に値すると思う。

でも、これからはただ羨ましがっているだけとは違うんだ。

雅彦のことを思い浮かべ、自分にも新しい風が吹いてきたことを秋光は実感する。打ち込める趣味や汗水流すスポーツとは種類が違うけれど、未知への期待やわくわくした高揚感は決して引けを取らないと思った。

「何か、すげぇ入れ込んでるなぁ」

言葉にはしなかったのに、真剣な横顔が遠藤にも何かを伝えたらしい。彼はますます理解に苦しむといった顔をし、今度は冷やかしではない口調で言った。

「……そんで、お友達になりましょう、なんて言われて、藤原は素直に喜んじゃったわけ？おまえ、サラリーマンと何を話すんだよ。共通の話題なんてないだろが」

「それは……別に、これからの話だし……」

「そいつ、男子高校生を食い物にする変態じゃないだろうな。のこのこ呼び出されたら監禁されて、エッチなことでもされたらどうするよ、おい。お婿《むこ》に行けなくなんぞ」

「もういい。おまえには話さない」

「ええ？　俺、マジで心配してんのに！」

呆れた秋光がさっさと帰り支度を始めたので、遠藤はわざとらしく傷ついた声を出す。しかし、これ以上雅彦をネタに話を膨らまされるのはご免だった。

確かに、傍《はた》から見れば自分たちはおかしな関係かもしれない。冷静に考えれば遠藤が危惧《きぐ》するのは当然だし、彼は純粋にこちらの心配をしてくれているのだろう。

だが、少なくとも雅彦が悪い人間ではないことを秋光は信じている。そうでなければ、あんな綺麗な泣き顔はできないと思う。だから、彼自身については焦らずにゆっくり知っていけばいいんだと思っていた。

遠藤が言う通り、年齢も環境も共通なものなんか一つもない。

だけど、あの人と一緒にいると何となく安心するんだ。

秋光の中で、唯一はっきりしている気持ちはそれだけだった。でも、それで充分だ。得体の知れない未来への焦りも、胸に巣くう感傷的な空《むな》しさも、雅彦と話している間は温かな感情の中に消えていく。彼が微笑んでいるだけでホッとするなんて、きっと雅彦は想像さえしていないだろう。

「そんでさ、次はいつ会うんだよ？」

開き直った秋光へ、遠藤が痛いところを突いてきた。

一瞬答えるのを躊躇《ちゅうちょ》した後、仕方がないので渋々と友人を振り返る。

「……向こうは、社会人だからね。俺たち学生と違って、いろいろ忙しいんだよ」

認めたくはなかったが、その声は少しだけ負け惜しみのように響いた。

電話してみようかな、どうしようかな。

ベッドの上で携帯電話を手に、秋光はずっと悩んでいる。もっと厳密に言えば、雅彦と別れた日から一週間、毎晩同じことをくり返していた。先日、「いつ会うんだ」と言う遠藤に強気な態度を取れなかったのもそのせいだ。

「こういう時、メールだと楽なのになぁ」

深々と溜め息をつき、秋光は枕に突っ伏した。直接話すのは緊張するので、じゃあメールにしてみようかとも思うのだが、肝心の雅彦に送る口実が見当たらない。友達間のように『今ヒマ？　何してる？』なんてノリは、相手が社会人なだけに気が引けた。

「それに……向こうは何も訊いてこなかったし……」

密《ひそ》かに傷ついている事実を、枕に埋もれて小さく愚痴る。

雅彦がこちらの連絡先を尋ねなかったのは、特別興味はないという意味だろう。大体、名刺をくれた時のセリフだって「また何か話したいことができたら、いつでも連絡してきて」というものだった。つまり、君から連絡が来るのは構わないよ、程度のことなのだ。

「あ〜あ、何でメアド交換しなかったんだろ。俺、バッカだよなぁ」

もし、雅彦が気まぐれを起こしても、彼からは秋光に連絡が取れない。だからこそ、日がたちすぎない内にと思うものの、さすがに気後れは感じてしまう。「友達になろう」なんて現実では滅多に使わない言葉をまともに言われたせいか、頭がボーッとなっている間に雅彦はカフェを後にしていた。きっと、ひどく子どもっぽいと思ったのに違いない。

「ちぇっ……何なんだよ」

鳴らない携帯電話を横目で睨み、秋光はもう一度溜め息をついた。

今日は一学期の終業式で、明日からは待望の夏休みが始まる。アルバイト情報誌は結局一ページもめくらないまま、机の上に放り投げていた。もし、雅彦と連絡が取れて会おうなんて話になった時、「その日はバイトだから」という展開を避けるためだ。

何か、俺、やっぱりおかしいのかも。

遠藤が引くのも無理ないな、と頭のどこかでボンヤリ思う。これでは、まるで熱烈な片想いでもしているようだ。雅彦との出会いは確かにインパクトがあったが、相手は自分と同じ男だし一目惚《ひとめぼ》れはありえない。それなのに、頭は彼の言動をくり返し反芻し、あれはどういう意味だったろうとか、もっと上手く返せば良かったなどと詮《せん》ないことを考える。

『あと二、三年もしたら、いい男になるだろうに』

お世辞だとわかっていても、あの言葉は嬉しかった。雅彦の目に、もし自分が一人前の男に映ったら――その時がきたら、今の得体の知れない感情にもケリがつくだろうか。

「かけてみよう、かなぁ……」

思い出すほど面影は鮮明になるのに、彼との距離はどんどん開いていくようだ。

でも、そんなのは嫌だった。

再会は偶然かもしれないが、自分次第で必然にすることはできるはずだ。

秋光は深呼吸をすると、勇気を奮い起こしてメモリーの一番をそっと押してみた。


「秋光くん、わざわざありがとう」

細長い筒状のケースを手に、雅彦が足早に近づいてくる。会社のロビーで待たされていた秋光は、ふかふかのソファから立ち上がると仰々しく頭を下げた。

「あ、あのっ、忙しい時にごめんなさいっ」

「どうしたの、そんなに畏《かしこ》まって。大丈夫だよ、誰も取って食いやしないから」

「だって……すげえ立派なビルなんだもん」

しどろもどろに答えながら、落ち着きなく周囲を見回してしまう。二十階建ての銀色のビルは一階のロビーが吹き抜けになっていて、硝子《ガラス》張りの天井から陽光が神話の絵画のように差し込んでいた。そんな溜め息が出るほど美しい光景を見ただけでも、自分がいかに場違いかを思い知らされる気分だ。

「…………」

「何？」

口数の減った秋光に、にこやかな調子で雅彦が問いかける。

「さっきから、繁々《しげしげ》と俺を見ているようだけど？」

「あ～……うん、高林さんはやっぱりカッコいいよなぁと思って」

「ええ？」

「全然、この空間に負けてないじゃん。ビシッとスーツが決まっていて、堂々としてる。それって凄くない？　このまま写真撮ったら、きっと会社の宣伝になるよ」

「そういう問題じゃないと思うけど……」

無邪気な感想に苦笑を浮かべる雅彦だったが、褒められて満更でもないらしい。ふっと悪《いた》戯《ずら》っぽい顔つきになると再び口を開いた。

「まぁ、確かに他の社員よりは馴染《なじ》んでいるかもしれないね」

「だろだろ？」

「でも、それにはちゃんと理由がある。俺、設計チームの一員だったんだ。会社がここへ移転する時、自社ビルの設計をやったんだよ。特に、この吹き抜けのロビーは俺が担当したところで、光線の加減を計算するのにかなり苦労した」

「すっげぇ～……」

「一応、チームで賞も貰《もら》ったんだよ。俺一人の手柄じゃないけど、あれは嬉しかったな」

「俺、このロビー好きだなって思ったんだ。外観は最先端な感じで少し入るのに戸惑ったけど、待っている間は居心地がよかった。陽当《ひあ》たりが良いし、床に差す光が綺麗で……」

「本当に？　そ、そうか。それは……とても光栄だな」

秋光が目を輝かせて絶賛すると、先刻までの得意顔はどこへやら、雅彦はたちまち照れたように目線を逸《そ》らしてしまう。その様子はカフェでよく見知った姿だったので、ようやくこちらの緊張も解けてきた。

「それじゃ、自慢はこれくらいにしとこうか。会社まで呼びつけたお詫《わ》びに、お昼でもご馳《ち》走《そう》するよ。俺も、ちょうどこれから休憩に入るところだから」

「うん」

張り切って頷く秋光に笑いかけ、雅彦が「こっちだよ」と歩き出す。悠々とした足運びや貫録すら滲ませた佇まいは、初めて知る彼の新たな面だった。受付の前を通る際は美人の女子社員が挨拶《あいさつ》をし、雅彦の背中を憧《あこが》れの眼差しで見送っている。お蔭で一緒に歩いている秋光まで、誇らしい気持ちになった。

『時間があるなら、明日の正午、会社まで来られるかな？』

昨日の夜。さんざん迷った挙句に電話をかけたら、「会いたい」という気持ちを見透かしたような誘いを受けた。あの時は恥ずかしさで全身が熱くなったが、来て良かったと秋光は思う。想像していた何倍も職場での雅彦は颯爽《さっそう》としていて、彼の涙や茫然自失《ぼうぜんじしつ》となった表情は真夏の白昼夢だったのでは、という気さえする。

ううん、現実でもいいんだ。

どっちの高林さんも、好きだから。

心の中でこっそり呟いてから、「あれ？」と首を捻《ひね》る。自然に「好き」って言葉を使ってしまったけれど、別におかしな意味じゃないんだから構わないよな。

「おい、高林じゃないか」

考え事をしながらエントランスを抜けようとした時、すれ違いに入ってきた人物が意外そうに声をかけてきた。相手は雅彦と同年代の男性で、野性味に溢《あふ》れた体格の良さが濃い存在感を放っている。彼は雅彦の肩を馴《な》れ馴れしく摑むと、陽気な笑顔を向けてきた。

「何だよ、もう体調はいいのか？」

「佐々木《ささき》……」

足を止めた雅彦は、対照的に表情が強張《こわば》っている。困惑を強く浮かべた顔は、秋光をハラハラさせるほどだった。相手も顔色の悪さに気づいたようで、すぐさま肩から手を引っ込める。

「大丈夫かよ？　無理して出社したんじゃないだろうな？」

「いや……でも、何で……」

「ああ、美貴子《みきこ》が心配していたからさ。おまえが、夏風邪にやられて会社休んでるって」

「美貴子が……」

ハッと雅彦の表情が変わり、瞳に憂鬱の翳《かげ》が差した。呼び捨てだ、と思った瞬間、秋光の鼓動が不穏な音をたてる。初めて聞く名前だが、きっと親しい間柄に違いない。

「大袈裟だな、あいつ。俺の風邪なんて、何週間も前の話なのに」

何とか表情を取り繕い、雅彦がぎこちなく笑った。

「そんなことより、佐々木は何の用事だ？　うちで打ち合わせか？」

「いや、俺は野暮《やぼ》用。……っと、連れがいたんだな、悪い。親戚《しんせき》の子か？　おまえ、弟はいなかったよな？」

佐々木と呼ばれた男は、屈託のない様子で傍らの秋光に視線を移す。都会のビルよりも、南の島でダイビングでもしている方が似合いそうな人だ、と思った。

「高校生か？　はじめまして、だよな？」

「あ……はい、こんにちは。俺は……」

「この子は、俺の友達だよ」

秋光と会話をさせまいとでも言うように、強引に雅彦が割り込んでくる。しかし、彼が迂《う》闊《かつ》に口にした「友達」という単語に、佐々木はギョッとした顔でまじまじと見つめてきた。

「友達？　おい、友達って……この子とおまえが？」

「そうだけど？」

それが何か？　とでも言いたげな雅彦に、相手は二の句を継げないようだ。秋光は俄然《がぜん》居心地が悪くなり、どんな顔をしていいのかわからなくなった。自分が遠藤に話した時もちょうど似たような反応だったので、世間では「友達」と名乗って奇異に映る組み合わせなのだと嫌でも思い知らされる。

まぁ、当然そうなるよな。俺と高林さんじゃ、共通点なんか一個もないし。

視線が痛いや、と内心思っていたら、雅彦がグイと腕を摑んで「行こうか」と言った。

「え、でも……」

「佐々木、悪いけど俺たち急いでいるから。今度またゆっくりな」

半ば強引に引っ張られて、面食らいつつ佐々木を見る。しかし、向こうもしつこく引き止める気はなさそうだった。ただ、呆気に取られた様子でしきりに目を瞬かせている表情は、何かの冗談だろ、とでも言っているように見えた。

「ごめんよ、いきなりで驚かせちゃったね」

「高林さん……」

「あいつは悪い奴じゃないんだけど、誰にでも距離感がないというか、まぁ裏表がない性格をしているんだ。だから、許してやってくれるかな」

「そんな、俺、全然気にしてないよ」

力強く否定すると、ようやく雅彦も頭が冷えたようだ。掴んでいた秋光の腕を決まり悪そうに放すと、「ごめん、痛くなかった？」と謝ってきた。

「邪魔が入っちゃったけど、お腹空《なか》いたよな？　何が食べたい？」

「それより、本当にいいの？　今の人、置いてきちゃって」

いつの間にか、ビルからだいぶ遠ざかっていた。照りつける日差しに目を細め、路上に佇んだ雅彦は無理やり笑みを作る。

「構わないさ。佐々木は取引先の営業でうちによく出入りしているから、しょっちゅう顔を合わせるし。そもそも、大学時代からの友人なんだ」

「…………」

構わないって顔じゃ、ないよな。

不自然な微笑を前に、秋光はしばし考え込む。

友人同士という割には、雅彦の態度は明らかにおかしかった。表情は固かったし、どこか佐々木に対して構えているような空気を感じたのだ。去り際の佐々木の眼差しも、かなり戸惑っていたように思う。あれは、単に秋光の存在が異質だったからだけではなく、二人の間に何か問題があったせいだろうか。

「……秋光くん」

うっかり物思いに耽《ふけ》っていたら、静かな声で名前を呼ばれた。

「あ、ごめん。何？」

「もしも、まだお腹が空いてないなら少し歩こうか。会社の昼休みは一時までだから、まだ時間はあるし。もちろん、君がいいなら、だけど」

「え……うん、いいよ」

「ありがとう」

どうして礼を言われるんだろう、と不思議になる。予報によると今日の最高気温は三十一度、決して散歩に最適な季節とは言い難いが、それでも雅彦と並んで歩けるなら秋光にはさして苦ではなかった。

オフィス街とはいえ開発されたばかりの地域なので、立ち並ぶビル群に人々が息苦しさを覚えないようにとの配慮が随所にされている。そのため植樹も多かったし、建物の景観も比較的ゆったりとしたデザインが採用されていた。石畳のメインストリートもかなり充実しており、洒落《しゃれ》たレストランやカフェ、ブティックなどが華やかさを添えている。

雅彦はそちらに足を向けると、秋光を促して心なしかゆっくりと歩き始めた。

「実はね、昨夜の秋光くんの電話、タイミングが凄く良かったんだ」

「え？」

「こんなこと言うと、また心配かけそうだけどね。ちょうど、人恋しいと思っていた時だったんだよ。だから、君の名前を携帯に見つけた瞬間、少し笑ってしまった」

「ええ、何で？　俺、すっごい緊張してたのに！」

「あはは、ごめん、ごめん。悪い意味じゃなくて、まるで俺の心を見透かしたように連絡をしてきたからさ。……不思議だな。いつでも、俺が淋しい時には必ず君が現れるんだよ」

「高林さん……」

そうか、と秋光は納得した。

こんばんは、の第一声ですぐに秋光だと気づいた雅彦は、ためらいもせずに「会おう」と言ってきた。何だかこちらの気持ちが見抜かれたようだと思っていたが、何のことはない、彼の方でもそれだけ人恋しさが募っていたのだ。

だが、その事実を秋光は少しだけ残念に感じた。雅彦の方は誰でも良かったのかもしれないが、自分はそうではないからだ。

「誰でも良かったわけじゃないよ」

まるで胸の独り言が聞こえたように、雅彦がやんわりと否定した。秋光はびっくりして、返事もできずに彼を見つめる。隣を歩く横顔は、優しい微笑に縁取られていた。

「この間、カフェで君と話している時、本当はかなり緊張していたんだ。そのせいで、うっかり連絡先を尋ねるのを忘れてしまって。君からはなかなか連絡が来ないし、だいぶ後悔していたんだ。でも、こうして忘れずに電話をくれた。嬉しかったよ」

「嬉しかった……？」

「だって、冷静に考えればおかしな話じゃないか。俺と君は年も離れていて、まるきり違う世界に生きている。それなのに、いきなり〝友達になろう〟なんて。後から思い出して、思わず顔が赤くなったよ」

でも、と雅彦はこちらを見ずに続ける。

「もしかしたら、相手が秋光くんだったからかもしれない。そんな……普段だったら考えられないようなことを、素直に口にしてしまったのは」

「え……」

「あのね」

緩やかに、彼の足が止まった。周囲の雑踏が遠のき、秋光は初めて出会った公園の空気を思い出す。

「俺、振られたんだよ」

それは、とても普通の声だった。

悲しみも怒りも含まない、ごく淡々とした告白が余韻もなく風に攫《さら》われていく。秋光は意味を把握するのに少し手間取り、けれどわかったところで返す言葉など見つからなかった。

「あの……あの、高林さん……」

「察しはつけていると思ったんだけど、もしかしてわからなかった？」

「……わかんなかった」

秋光が正直に白状すると、再び雅彦は薄く微笑む。

そういう君だから良かったんだ、とその表情が語っているようだった。

「そうか、気づいてなかったのか。じゃあ、突然変な話をしちゃったね、ごめん」

「あ、謝ることなんかないよ！」

「秋光くん？」

「高林さん、謝りすぎ。俺、びっくりしただけで別に変だとか思わないよ。ていうか、話してくれてありがとうって思うし。その、俺みたいな子どもに……」

「何を言っているんだ。秋光くんは、子どもなんかじゃないよ」

「…………」

心外そうに眉をひそめ、彼は即座に否定する。

「君から連絡を待っていた一週間、俺は自分が不思議で仕方なかった。どうして、こんなに高校生からの連絡をそわそわ心待ちにしているんだろうって。君との初対面や再会は、正直記憶から抹殺したいほど情けないものなのに、それでも秋光くんに会えたんだからって前向きに考えられるのが嬉しかった」

「高林さん……」

「だから、君に話したんだよ。迷惑かもしれないのに、俺の事情を一方的に」

ムキになったのが恥ずかしいのか、くしゃりと再び笑顔になった。その変化に、秋光の胸はめまぐるしく鼓動を刻む。速度を上げ、糖度を増し、味わったことのない酩酊《めいてい》が力強く血管を駆け巡る。これは一体何なんだ、と激しく狼狽しつつ、震える足元に力を込めた。

「えっと、その……」

「うん」

「振られた……って、高林さん、付き合っていた人がいたんだ？」

どんな人だろう、と真っ先に興味が湧く。あそこまで雅彦を悲しませることができるなんて、どれほど魅力的な女性だったのか見当もつかない。

「まぁ、そうだね。恋人だったよ。美貴子っていうんだ。二年くらいかな、付き合っていた期間は。彼女とは結婚前提だったし、まさか別れるなんて夢にも思っていなかったな」

「美貴子……そっか……」

聞いている間にまたもや足元がぐらつき、秋光は必死に踏み止まった。

「じゃあ、凄い……好きだったんだね。その人のこと……」

「それは……うん、そのつもりだったよ。別れを切り出されても信じられなくて、次には柄にもなく花束なんか持って悪あがきもしてみたけど……結局、受け取ってもらえなかった。〝あなたは、私の好きな花も覚えてないのね〟ってさ」

「あの花束……そうだったのか……」

「バカだよな。本当に相手を想ってじゃなく、点数稼ぎの花なんか人の心には届かないものなのに。二十六年も生きてきて、ちっともわかっていなかった」

語る声音はあくまで優しく、言葉ほど悲痛な様子は感じられない。まるで、もう何年も昔の話をしているようだ。けれど、それが雅彦の精一杯のプライドなのだと、何故《なぜ》だか秋光にはわかった。きっと、彼の心臓はまだ生々しい傷を抱えたままなのだ。

だって、あの涙は本物だった。

本物だからとても綺麗で、だからこそ一目で心を奪われた。

「秋光くんは……多分、俺に同情してくれているんだと思うけど」

「え……？」

顔に出ていただろうか、と焦ったが、そういうわけでもなさそうだ。それに、同情かと問われれば肯定するのにためらいがあった。確かに傷ついた雅彦は痛々しかったけれど、秋光が感じたのは「可哀想《かわいそう》に」ではなく「放っておけない」なのだから。

でも、上手く言葉で説明することはできなかった。仕方なく黙っていたら、それまで淡々としていた雅彦の口調に初めて苦い感情が滲む。

「俺は、君の同情に値するような奴じゃない」

「高林さん？」

「だって、俺は……自分本位の嫌な奴なんだ。その証拠に、公園で俺が泣いていたのは彼女を失って悲しかったからじゃない。自分が哀れで、信じられなくて、つまらないプライドが傷ついて……あれは、惨《みじ》めな自分のための涙だったんだ。恋人を失って、そのために流した涙なんか一滴だってなかった。ひどく身勝手な感情しかなかった」

「恋のためには……泣かないの？」

え、と雅彦がこちらを見た。思いも寄らなかった、という顔だ。

けれど、尋ねた秋光自身、もちろん恋のために泣いた経験など皆無だった。中学から付き合っていた子と疎遠になった時も、特別悲しかったという記憶はない。むしろ、心のどこかでホッとしていた。これで自由になれたんだ、自然消滅だったので互いに傷つけ合わなくて良かったとさえ思った。

だが、理不尽なもので雅彦が同じなのは少し悲しい。彼が誰かを深く愛して、その涙が自分たちを出会わせたのだと、夢見がちな空想に浸っていたいからかもしれない。

「――泣かないよ」

雅彦は、きっぱりと言い切った。

それから、秋光が不満そうなのを見て、困ったように溜め息をつく。

「もう一度言うよ。公園で泣いていたのは、俺が自分自身を哀れんでいたからだ。彼女の心が離れていることにも気づかないで、呑気《のんき》に先方のご両親へ挨拶に行こうとしたりしてね」

「…………」

「だけど、当日は待てど暮らせど待ち合わせ場所に彼女は来なかった。いくら携帯に電話しても通じないし、何時間も過ぎた頃、短いメールが届いただけだった」

「……メール？」

「〝ごめんなさい。あなたとは結婚できません〟――実にシンプルだろ？　一瞬意味がわからなくて、何度も読み直したよ。だって、俺はその三日前に婚約指輪をプレゼントしたばかりだったんだから。彼女は笑顔で受け取ってくれたし、何の問題もないはずだった」

結婚前提とは言っていたが、事実上の婚約までしていたのか。

それなら単なる失恋とは少々次元が違う、と秋光は軽くショックを受けた。

「でも、唯一の救いは社内恋愛だったことかな」

「え？」

「お互いに交際をオープンにしていなかったから、周りの人間は誰も俺が振られたとは知らないんだ。この上、社内中から同情の視線を向けられたら針のむしろだからね。そんなことに救いを感じるなんて、情けない限りだけど」

「じゃあ、誰も知らないんだ？　高林さんが悲しんでいることも？」

「……そうだね。俺を振った彼女と、それから……秋光くんだけだよ」

この時、不謹慎にも秋光の胸は僅《わず》かに弾んだ。誰も知らない雅彦の傷を、まだ会って三回目の自分が知っている。そんな事実に、子どもじみた独占欲が満たされる。

「くり返すけど、彼女の言葉は俺にとっては寝耳に水だった。わかってなかったって時点でダメだろうって今なら思うけど、その時はとにかく納得できなくて。ちゃんと会って話をしようって彼女を説得して、それで昼休みにカフェへ呼び出して……ああ、ちょうどあそこの店だよ……二人で話し合ったんだ。でも、彼女の気持ちは変わらなかった。途中で仕事を脱け出して用意した花束も受け取ってもらえなかったよ。〝今から会社に戻るのに、何を考えてるの？〟だってさ。まったくその通りだ。俺は、本当にバカだと思った。ただもう混乱してばかりで、一つもまともな判断ができなかった」

「でも、それは無理ないよ。そんな時に冷静な方が、人としてどうかって思う」

「ありがとう。君は優しいね、秋光くん」

熱心な言葉に雅彦は微笑んだが、秋光の言葉が届いていないのは明白だった。歯がゆさにかられて視線を逸らした先に、先ほど彼が「あそこの店」と指差したカフェが映る。

何となく、この間の店と似ているな。

二人で入って浮きまくりだったカフェを思い出し、秋光はそう胸で呟いた。

女性が好みそうな洒落た外観に、白いテーブルと椅子のオープンカフェ。高林と釣り合う彼女が一緒なら、ああいう空間でも自然なんだと思うと無性に切なくなった。

「……高林さん」

「何かな？」

「高林さんは〝恋のためには泣かない〟って言ったけど……やっぱり、そんなことはないんじゃないかな。彼女を失った悲しさを、認めたくないだけなんじゃないの？　だって、無意識に赤信号で渡ろうとしたくらいなんだし……」

「もちろん、目の前が真っ暗になったさ」

案外、あっさりと雅彦は頷く。

「だけど、それは喪失感からじゃない。俺がここまでしているのに拒否された、その事実に打ちのめされていただけなんだ。それまでの人生、大きな挫折《ざせつ》を知らずにきたからね。振られたことなんか一度もなかったし、叶《かな》わなかった願いもなかった。それは、俺自身の世界がひどく狭くて、いわゆる途方もない夢なんてみなかったせいなんだけど。何だか、自分で話していてもつまらない奴だなぁって思うよ。ごめん、きっとがっかりさせたよね」

「そんな……」

どう答えたらいいものかと、秋光は真剣に頭を悩ませた。自虐的になりすぎたのが気恥ずかしいのか、雅彦は気まずい様子で腕時計に目を落とす。そろそろ、昼休みも終わりに近づいているのだろう。

「ねぇ、秋光くん」

「は、はい」

「俺から呼び出しておいて、悪かったね。気分の悪い話ばかり聞かせてしまって」

「いえ、そんな……」

「最後にこんなことを言うのは負け惜しみのようだけど、でも、今となっては彼女に感謝しているんだ。あのまま何の躓《つまず》きもなく結婚話を進めていたら、俺は自分の小ささにずっと気がつけなかったから。俺は、恋人より自分のことばかり大切にしているエゴイストだった。世の中を……恋愛を舐《な》めていた。いい大人が今更青臭いことをって思うけど、決して無駄な経験じゃなかったよ」

「高林さん……」

あなたは、そんなにひどい人間じゃないよ。

そう言いたくて、でも言葉にすれば否定されそうで、秋光はただ頭を振った。

もしも彼が本物のエゴイストなら彼女を責めこそすれ、己を貶《おとし》めるような発言は絶対にしないだろう。けれど、雅彦は苦しんでいる。恋に殉じる心を持てなかった自分を、ずっと責め続けている。それ故に秋光は彼が愛しいし、その涙に惹かれたのだ。

「……秋光くん」

ためらいがちな声が、秋光にそっとかけられた。

おずおずと顔を上げると、願いを秘めた雅彦の瞳とぶつかる。

彼は真っ直ぐにこちらを見つめ、ゆっくりと口を動かした。

「俺がそんな人間だってわかってても、まだ君がいいと言ってくれるなら……」

「…………」

「また……会ってくれるかな。今度は、もっとちゃんと時間を取って」

「あ……あったりまえじゃん」

全身から力が抜ける思いで、秋光は即答する。返事を聞くや否《いな》や深刻だった雅彦の表情がみるみる緩み、「良かった」と子どものように破顔した。

こうして。

食べ損なったランチの約束を改めてかわし、秋光の世界の特等席に雅彦が座った。

3

秋光の毎日は、それ以来少し変わった。

多忙な雅彦とはなかなか都合が合わなかったがメールのやり取りは毎日していたし、いちいち文字を打つのが面倒なほど話が弾んだら電話に切り替えて長話に興じたりもした。

そうやって雑談に花を咲かせていると、思いがけない共通点を発見できる。

秋光は映画が好きで、それも友人には難色を示されるような地味な邦画とか、単館でしか上映されないマイナー系をよく観に行くのだが、意外なことに雅彦もそういったマニア受けの映画が好きだったのだ。お蔭で誰に言ってもわからないタイトルも一発で通じるし、二人だけで盛り上がるネタにも事欠かなかった。

おかしなもので、日々の楽しみが見つかると気力まで充実してくるようだ。どうせ平日の昼間は雅彦と会えないからと、秋光は放置していた情報誌を読み漁り、すぐにバイトを見つけてきた。しかも、奇遇なことに初めて彼と一緒に入ったカフェのウェイターだ。接客業は初めてだったがやり始めるとけっこう面白く、一週間もたつ頃にはいわゆるギャルソン風のエプロンも様になってきた。

「そんなに働かなくても、せっかくの夏休みなんだから遊べばいいのに」

レイトショーで一緒に映画を観た後、遅い夕食を食べながら雅彦が言う。今夜、彼が秋光を連れてきてくれたのは、アジア各国の料理を日本人好みにアレンジした無国籍風のレストランだった。内装も凝っており、料理の味は言うに及ばず従業員の態度も申し分ない。雅彦の物馴れた態度から察するにデートなどで利用していたのでは、と思えたが、屈託なく食事をしているところを見ると、本当に彼女にはもう未練がないのかもしれない。

「秋光くんは、友達と旅行の計画とか立てたりしないのか？」

「大丈夫、ちゃんと遊んでるってば。今日だって、こうして高林さんと会っているし」

「いや、俺の場合とは……」

「違うの？　友達なのに？」

「ん……まぁ、そうか。じゃあ、満喫してるってことでいいのかな」

変なことを気にするんだな、と秋光はおかしかったが、雅彦の方は本気で心配しているようだ。以前、「友達にも、おまえら変だって言われた」と口を滑らせてしまったので気に病んでいるのだろう。実際、言った遠藤は今でも少し懐疑的だが、頭から反対はしなくなっている。それどころか、「親戚のお兄さん、とかなら理想的だよな」なんて言うようになった。

「それより、このお店って内装を高林さんの会社でやったんだよね？　凄いじゃん」

「俺は設計の方だから、別チームの仕事だけどね。気に入った？」

「うん。何か、怪しい映画のセットみたい。あ、褒めてるんだよ？」

「あはは、ありがとう」

慌てて秋光がフォローを入れると、雅彦は楽しそうに笑い声をあげた。

「実を言うと、チームの人間からコンセプト作りの相談を受けて、ちょっとだけ俺も参加したんだ。『無国籍風のアジア料理』って聞いたから、古い映画だけど『青いパパイヤの香り』のお屋敷をベースに、猥雑《わいざつ》な雰囲気は『愛人《ラ・マン》』とかね。他にもいろいろミックスして、少し退廃っぽく、でも下品にならないようにって考えて……」

「あ、俺どっちも観たことあるよ。レンタルだけど」

「そうか。じゃあ、話が早いな……って、秋光くんの年齢にそのチョイスはどうだろう」

「面白かったよ。画面が綺麗だったし」

恋愛ものはさほど趣味ではないが、湿気を含んだアジアの空気を体感したくて借りてみた映画だ。登場人物の心情は理解し難い面が多かったが、期待した通りに映像は美しく、観終えた後は小旅行でもした気分に浸れた。

「じゃあ、今度は一緒に観てみようか。家にソフトがあるから」

「え、本当?」

思いがけない誘いに、秋光は舞い上がる。何度かこうして外では会っているが、雅彦の自宅に上がったことはなかったからだ。一人でマンション暮らしというのは聞いているものの、それ以上に具体的な情報は一切知らなかった。

「秋光くんのご両親にも、ちゃんと挨拶済みだしね。もう自宅へ呼んでも、差し障りはないかなと思うし。そうだ、泊まりがけでおいでよ。その方がゆっくりできるだろう？」

「そ、それは俺は嬉しいけど……いいの？」

「もちろん。迷惑なら誘ったりしないよ。その代わり、独身の侘《わ》び住まいに過剰な期待はしないように。何しろ、今は女っ気ゼロで潤《うるお》いのない生活をしているから。……あ、いや」

どうしたことか、不意に雅彦が黙り込む。機嫌よく話していたのにどうしたんだろう、と不思議に思っていると、やたら真面目な顔で再び口を開いた。

「潤いがないって言うのは、訂正する。むしろ、以前より楽しいくらいだし」

「へぇ、そうなんだ。じゃあ、良かった。そういや高林さん、会うたび表情が明るくなってるもんな。俺、実のこと言うと内心ホッとして……」

「秋光くんのお蔭だよ」

「え……」

「君との付き合いには駆け引きもない、計算もない。ただ同じ好きなものを見て、素直に感じたままにしゃべって。そういうの、ずっと忘れていたんだ。見栄を張って、足元を掬《すく》われないように気を張り詰めて、友人にさえ本音で語ることに臆病《おくびょう》になっていたけれど、秋光くんには全部見透かされそうだから嘘がつけない。だから、とても居心地がいい」

「………」

「君といると、俺は自分が好きになれそうな気がする」

丁寧に、真摯《しんし》な想いを込めて。

雅彦が幸せそうに微笑む様子を、秋光は一生懸命に瞳へ焼き付けた。

この先、自分はどれだけ長生きするかわからない。でも、今この瞬間は「最も大切な場面」としてずっと心から去らないだろう。そう思った。

「あ、何だか気障《きざ》だったな。うわ、ちょっと恥ずかしくなってきた」

あんまり長いこと秋光が黙ったままだったので、間が持たなくなったようだ。雅彦は赤くなりながら、冷えたミネラルウォーターのグラスをいっきに呷《あお》る。

二人で会う時、どんな場合でも彼は一滴のアルコールも口にしようとはしなかった。その代わり、秋光が成人したらお気に入りのバーに連れて行くと約束してくれている。そんな生真面目さと節度ある態度は秋光の親にも受けが良く、一度きちんと挨拶をしてくれたことですっかり信頼を得ていた。

『伊達に、優等生をやってきてないからね』

後から得意げにそんなことを言い、これで遠慮なく誘えるな、と笑った顔は、雅彦が見せてくれた表情の中でも特に秋光のお気に入りだ。遠藤のセリフではないが、自慢の兄貴とかがいたらこんな感じだったかもしれない、なんて想像した。

それに、やっぱり見飽きないよな。

それまで同性に見惚《みと》れるなんてありえなかったが、気がつけば雅彦のことは何度となく見ている自分がいた。綺麗、と表現するほど線が細いわけではないが、柔らかな眼差しや品の良い物腰は、やはり目を惹かずにはいられない。彼が元気になるにつけ、初対面の儚《はかな》い印象がどんどん覆されていくのも新鮮な喜びだった。

「秋光くん？」

「え？　あ、ごめん、何？」

「いや、何か考え事しているみたいだから。どうかした？」

「どうって……ええと、その」

「あ、もしかして」

わかったぞ、と不敵に笑われ、思わず動揺が走る。まさか、見惚れていたとバレてしまったのだろうか。それなら、かなり決まりが悪い。

「あ、あの、高林さ……」

「さっき観た映画のことだろう？　あのラスト は、納得いかないもんなぁ」

「…………」

「ん？」

「そ……うだね。ちょっと、上手くいきすぎだよね……」

ああもう、一人で何をテンパッているんだよ。

引《ひ》き攣《つ》るな、俺！　と心の中で叱咤《しった》しつつ、ははと気の抜けた笑い声を出す。同時に、雅彦が鈍くて助かった、と安堵した。いや、仮に彼が察しのいい人間でも、男子高校生にうっとり見られていたとは夢にも思うまい。

二年付き合った彼女と、結婚しようとしていた人だぞ。

危うくふらつきそうになった己を戒め、呪文《じゅもん》のように何度も唱える。

もし、雅彦への感情が憧憬《どうけい》を超えてしまったら――その時、自分は何もかも失ってしまうだろう。せっかく得た信頼も、同年代の友人とは味わえない特別な時間も全てだ。そんなのは耐えられなかったし、考えたくもなかった。

「じゃあ、次の金曜日の夜。バイトが終わったら、俺の会社まで来てくれる？　一緒に夕飯の材料を買って、そのままマンションへ来ればいいよ。秋光くん、次の日のシフトは？」

「大丈夫、夕方からだよ」

「良かった。それなら、少しは夜更かししてもいいね。あ、ご両親にはちゃんと許可を取っておくこと。さして広くもない部屋だけど、秋光くん一人くらいなら寝られるから」

「うん、わかった。夏だし、俺は別に雑魚《ざこ》寝《ね》で構わないけど」

「ダメダメ。夏風邪でもひかせたら大変だろ」

あれやこれやと保護者のような口を利き、雅彦は大真面目に夕食の献立について考え始める。まるで、修学旅行の準備をする学生のようだ。先刻までの不安があっという間に薄れ、秋光は張り切って右手を挙げた。

「はいはい。俺、夕飯作るよ。泊めてもらうんだし、それくらいはしたい」

「秋光くんが？　君、料理なんかするの？」

「そんなに得意じゃないけど、レシピ見ればできるよ。それに、外食の時はほとんど高林さんに出してもらっちゃってるから、何かでお返ししたいと思ってたんだ」

「まさか……」

　ハッと何かを思いついたように、雅彦の表情が引き締まる。

「君がバイトに精を出しているのって、そのため……？」

「え？　あ、や、そんな深刻なことじゃなくて」

「……そうだったのか」

　先ほど、彼は秋光へ「バイトばかりじゃなくて遊んだら」と言ってしまった。それを悔やんでいるのが、手に取るようにわかる。申し訳なさそうな顔をする雅彦へどうフォローを入れるべきかと困っていたら、次の瞬間、彼は何事か決意したようにキッとこちらを見た。

「決めた。金曜日は、俺が君を甘やかす」

「へ？」

「このままじゃ、あまりに自分が情けない。年下の秋光くんに気を遣わせて、のうのうと甘えているのはいつだって俺の方じゃないか。君とは、そんな一方的な関係にはなりたくないんだ。でも、だからと言って金銭面で補えばいいって話でもないだろう?」

「そ……それはそうだけど」

「だから、身体《からだ》で返すことにするよ。次の金曜日、君は俺の王様だ。したいことがあれば付き合うし、リクエストにはできるだけ応《こた》えるようにする。食事も俺が作るよ。食べたい物があれば、当日までにメールしてくれればいい。ちゃんと俺が食べさせてあげる」

「え、ちょ、何で……」

「秋光くんを、喜ばせたいからだよ」

何を今更、とでも言わんばかりに、ごく当然の顔で雅彦が言う。

いやいやいや、ちょっと待てってば。

この人、「身体で返す」とか真顔で言ったよな。

論理の飛躍に唖然《あぜん》としたが、すっかり彼の気持ちは固まってしまったようだ。無論、色っぽい意味でないことは百も承知だが、それにしたって心臓に悪い。

「あの……さ、高林さん……」

「うん?」

「どうして、俺にそこまでしてくれるの? あんた、ちゃんとした大人じゃん。十近くも年下の学生相手に〝何でもする〟みたいなこと言っちゃって、それでいいのかよ?」

「それは、こっちのセリフだと思うけど?」

間髪容《かんはつい》れずに問い返され、思わず言葉に詰まった。指摘されるまでもなく、自分の方こそ初めはかなりお節介な真似《まね》をしていたからだ。

そんな秋光に愛《いと》おしげな視線を向け、雅彦はもう一度くり返した。

「それは、こっちのセリフだよ――秋光くん」

「…………」

「君は、俺の恩人だ。それ以上の理由は必要ないだろう?」

にっこりと微笑まれ、(まずい)と頭で警鐘が鳴る。だが、構える間もなく逸《はや》る鼓動に呑み込まれ、秋光は血管が逆流したような息苦しさに襲われた。

どうしよう。

視界が熱に潤み、唇は乾き切って、デザートスプーンを持つ指が小刻みに震え出す。

どうしよう、俺、すっごく嬉しい。

甘やかすとか、喜ばせたいとか、まるで恋人にでも捧げるような言葉に戸惑うどころか甘い目眩《めまい》を感じている。自分は男なのに、普通はこちらが女の子に言うべきセリフなのに、涙が出そうなほど感動してしまうなんて絶対に変だ。

「じゃあ、約束だ。金曜日、楽しみにしているから」

「う……うん」

秋光がどんなに狼狽しているかなんて気づきもせず、雅彦は爽《さわ》やかな笑顔を作る。こうなると、もう腹を括るしかなさそうだった。つい先刻、憧れ以上の感情には蓋《ふた》をしなきゃ、なんて健気《けなげ》な決心をしたばかりなのに、せっかくの誓いもたった一言で無駄になる。

これが、一時の気の迷いだといいんだけど——空しくそんな願いを胸に抱《いだ》いた。

本気の恋なんて、まだ知らない。だから、落ちた時の自分がどうなるか見当もつかない。一つだけわかっているのは、不毛な想いでしかないということだ。間違っても雅彦はゲイではないし、どんなに秋光を特別扱いしてくれても恋愛感情とは別物だ。

「あ、そろそろ九時を過ぎるな。残念だけど、今夜はここまで」

食事のリクエスト、待ってるから。そう言って、雅彦はチェックのために店員を呼ぶ。途中で秋光の手が止まったバニラアイス・ココナツミルクがけは、硝子の器の中ですっかり溶けてしまっていた。

今度の金曜日、と念を押されて駅で別れる。

ようやく一人になった秋光は、微熱と言うには鮮やかすぎる感情を持て余していた。


「よう、高林。久しぶりだな」

取り引き先との打ち合わせを終えて帰社した雅彦は、自分のデスクに着くなりポンと親しげに肩を叩《たた》かれる。振り向かなくても、相手が旧知の親友、佐々木吉行《よしゆき》だとすぐわかった。

「あ、おまえ、無視とは心外だな。そんなんじゃ、営業職は無理だぞ」

「余計なお世話だ。俺は設計部門だし、おまえに愛想を振りまいてもしょうがないだろ。それより、よその会社で油売っててていいのかよ。大体、何で関係ない部署をうろうろしてるんだ？」

「いや～、それは、俺にも事情ってもんが……」

日頃の明朗さはどこへやら、佐々木は珍しく語尾を濁している。何なんだ、と些《いささ》か奇妙に感じて肩越しに見上げると、目が合うなり意味深に微笑まれた。

「何だよ、気味が悪いな。言いたいことがあるなら、ちゃっちゃと言えよ」

「言いたいことっつうか、ちょっとした報告なんだけどさ。ま、プライベートな話なんで今度またゆっくりな。それよか、俺もおまえに訊きたいことがある」

「え？」

「この間の高校生、あれマジで『友達』なのか？　一体、どこで知り合ったんだよ？」

「ちょ、やめてくれよ。そんな言い方したら、俺が女子高生と援交でもしているみたいじゃないか。社内にあらぬ噂《うわさ》が広まったら、どうするんだ」

「そっか、悪い。ほんじゃ、言い直す」

相変わらずニヤニヤしたまま、彼はこそっと耳打ちをする。

「あの男子高校生、どこでナンパしたんだ？」

「おまえなぁっ」

雅彦は声を荒げると、赤くなって耳を押さえた。効果ありと佐々木は喜び、ケタケタと笑い声を上げている。まったく、人の職場で勝手に遊ばないでほしい。第一、男の子相手にナンパも何もないではないか。

「どうしたんだよ、本当に今日はご機嫌だな」

まともに相手をしても無駄だと悟り、溜め息混じりにねめつけた。いつも陽気なムードメイカーではあるが、勤務時間内にここまでふざけることはしない男だ。これは、相当に嬉しいことがあったのだろうと思った。

不思議だな。ほんの少し前までは、人の幸せを喜べる心境なんかじゃなかったのに。

美貴子に振られ、くだらないプライドと無難な人生設計を打ち砕かれた時は、二十六年生きてきて初めてと言ってもいいどん底の状態だった。それが、まだ一ヵ月もたっていないというのに、生まれ変わったような清々《すがすが》しい心持ちになっている。

秋光くんのお蔭――だな。

風変わりな『友達』の顔がふと脳裏に浮かび、知らず口許が緩んでしまう。年も生活環境もまるきり違うのに、彼と一緒にいると自然と笑顔になる自分がいた。

不思議だな、と思う。

かつては雅彦も通った道なので、十代の少年が生意気で喧《やかま》しくて自意識の塊なのはよくわかっている。同年代の女子に比べると思考回路が単純で、そのくせ自尊心は一人前だから非常に扱い難いのだ。なまじ同性なだけに、鼻につく部分も多い。

それなのに、秋光だけは特別だった。

見た目はそこそこ小綺麗な、どこにでもいる今どきの学生だ。けれど、彼が口にする言葉や雅彦の前で見せる表情は、他の男子高校生とはまったく別物だった。

何か、ちょっと熱っぽい目で俺を見るんだよなぁ。そのくせ、こっちが踏み込もうとするとさりげなく引いちゃうし。初対面からどんどん壁を壊してきた割に、あの子の陣地へはなかなか入らせてもらえないって言うか……。

「おい？　高林、おい？」

「へ……」

「何だよ、いきなりボケッと上の空になって。おまけに一人でにやけて気色悪いぞ」

乱暴に肩を揺すぶられ、雅彦はハッと現実へ返る。冷やかすような佐々木の言葉が、やたらと気恥ずかしさを煽《あお》った。秋光のことを考えてボンヤリするなんて、何だか非常に危ない奴になった気がする。

「ははぁ、さては俺の質問に困っているな？　要するに、そういうことなんだな？」

「バカなこと言うなよ。秋光くんは、俺が困っていた時に助けてくれたんだ。見て見ぬ振りをする連中が九割だとすれば、彼は残り一割の子なんだよ」

「困ったこと……？」

不意に、佐々木が眉をひそめた。しまった、と後悔したがもう遅い。

「おい、水臭いな。何かあったんなら、行きずりの高校生じゃなく俺に相談してくればいいのに。大体、おまえ滅多に人前で弱気な顔を見せないじゃないか」

「だ、だから、たまたまだよ！　偶然なんだから、しょうがないだろ。それに、子どもじゃあるまいし、いちいち相談なんかできるか。いいんだよ、もう解決したんだから」

「本当か？」

慌てて弁明する雅彦に、佐々木がずいっと詰め寄ってきた。近い近い、と思いきり拒絶し、雅彦は椅子から立ち上がる。友情に篤《あつ》いのは有難いが、たとえ秋光の存在がなくても今回に限っては彼に相談はありえなかった。

「あ、そうだ。秋から動き出すY県の美術館プロジェクト、佐々木のところの資材、検討材料に加えといたから。近い内、プレゼンの通知がいくと思うからよろしく」

「マジかよ？　おお、ありがとうな！」

「俺の推薦なんて微々たる力だ。勝ち取るのは、おまえらだからな」

「おう、任せとけ！」

とっておきの話を持ち出した甲斐《かい》があり、佐々木はすっかり秋光のことを忘れてくれたようだ。心の底からホッとして、雅彦はいそいそと部屋を出た。廊下で周囲に誰もいないのを確認し、私物の携帯電話を上着の内ポケットから取り出して見る。

「やっぱり、秋光くんからだ」

今日は、約束の金曜日だった。食べたい物があればリクエストして、と言っておいたが、ギリギリ当日になってようやく決まったらしい。

『チキンライスが食べたいです』

開いたメールには、妙に畏まった調子でそう書かれていた。顔を見て話す時は砕けた口調なのに、メールだとたまに敬語を混ぜてくる。どういう配分なのかな、とおかしく思いながら、雅彦は『了解』とだけ返信を打った。

確かに、傍目《はため》にもちょっと変かもしれない。

先ほど「気色悪いぞ」と揶揄《やゆ》されたのを思い出し、慌てて緩みかけた顔を引き締める。だが、美貴子と付き合い始めの盛り上がっている頃でさえ、メールのやり取りでここまで心が浮き立つことはなかった。

「つまり……振られて当然だった、ということか……」

何の未練もなく、そんな風に思える自分が不思議だ。

けれど、今の自分の方がずっと自由を感じていた。それはフリーになったからとか、そういう単純なことではなく、物の考え方、感情の表し方に、おかしなブレーキをかけなくなったせいだと思われた。秋光がそういう子なので、自然と影響を受けたものらしい。

「チキンライスって、タイ風の奴でいいのかな。レシピ、検索しておくか」

退社時間の待ち合わせまで、あと三時間だ。

佐々木に話した新プロジェクトの件も具体化しつつあるし、もうひと頑張りするか、と雅彦は自分に気合いを入れ直した。


約束まで、まだちょっと時間があるな。

珍しく定時きっかりに仕事を切り上げた雅彦は、腕時計で時刻を確認する。秋光は六時くらいに来るだろうから、十分ほど自分の方が待つことになりそうだ。

「まぁ、ちょうどいいか。レシピ、浚《さら》っておけば買い漏らしもないだろうし」

エレベーターが一階に到着し、夕暮れのロビーに足を向ける。今日も一日暑かったと外回りの連中が愚痴っていたが、上天気の名残《なごり》か、鮮やかな橙色《だいだいいろ》が窓を満たしていた。

「秋光くんが見たら、〝綺麗だ〟って喜びそうだな」

もともと、この場所も彼のお気に入りだ。初めて会社へ呼んだ時、光の差し方が美しいと褒めてくれた。雅彦が設計に参加したと話したら、黒目を輝かせて「凄いね」と笑ってくれたのだ。この仕事に就いて、いろんな建築物に携わってきたが、マスコミや業界のどんな賞賛よりも嬉しかった。

陽が落ちる前に、間に合うといいんだけど。

一応、秋光が見逃した時のためにと鞄からデジタルカメラを取り出した。仕事柄、カメラは常に持ち歩いているのだ。逆光に注意して構図を決めようとしていたら、いきなり「高林くん」と名前を呼ばれた。

「こんなところでも仕事？　本当に熱心ね」

「美貴子……」

その口調は、同僚へ話しかけるように屈託がない。戸惑う雅彦をよそに、華やかなサマーツイードのスーツを着た美貴子が微笑を浮かべてこちらにやってきた。彼女は秘書課の人間なので、社内でも頻繁に顔を合わせるわけではない。それが、よりによって秋光と待ち合わせをしている時に鉢合わせるなんてひどく間の悪い気分だった。

「久しぶり。元気だった？　ちょっと痩《や》せた？」

「いや、変わらないし元気だよ。君は？」

「そうねぇ、どう見える？」

ふふ、と思わせぶりな口を利くのは、美貴子の常套《じょうとう》手段だ。相手に「気があるのか？」という錯覚を与え、反応を面白がっているようなところがある。

改めて見ると、安っぽい手口だったんだな。

すっかり冷めきった目で見ているせいか、よくこんな手管《てくだ》でその気になれたものだと昔の自分に溜め息が出た。けれど、美貴子はそれを別の意味に取ったらしい。彼女の目には、別れ話を切り出された瞬間の情けない自分しか見えていないのだろう。

まぁ、上書きする義理もないいんだけどな。

それより、秋光が来る前にどこかへ行ってほしい。別に疚《やま》しい気持ちはないが、彼に美貴子と一緒のところを見られるのは嫌だった。

「ねぇ、私たち時間はかかるけど、友達に戻れるわよね？」

「ああ、そうだね」

「私のこと、恨んでる？　あれから、ずっと気にかかっていたの。もしかしたら連絡してくるかもって思って、そうしたら最後に話せなかったことを言ったり、聞いたりもできるじゃない？　だから、電話がきても着信拒否なんかしないでちゃんと出る気でいたのよ」

「いや、別に話すことはないから。電話しようとも思わなかったし」

「…………」

「それより、こんな場所で話すことじゃないだろ。人目につくの、あんなに嫌がってたじゃないか。俺も困るよ。もう、君は関係ない人なんだから」

取りつく島のない勢いで、できるだけ冷淡に突き放す。少しでもつけ込む隙《すき》を与えたら、彼女のような女性はいくらでも都合のいい解釈をする生き物なのだ。その結果、「別れても私に未練たらたらな男」というスタンプを押されるのは、さすがに我慢ならなかった。

それに……もうすぐ秋光くんが……。

内心、雅彦は焦った。いっそ美貴子を振り切って外で待っていようかとも思うが、追いかけてこられたらもっと面倒だ。

「なぁに、誰か待ってるの？　さっきから、ちらちらエントランスばかり見て」

あからさまに邪険にしたせいか、美貴子は面白くなさそうな顔をする。たった数週間で雅彦が立ち直っているのが、よほどお気に召さないらしい。

「あ、そうだ。ねぇ、用事ならあるのよ、ちゃんと」

「え？」

「ほら、あなたがくれた婚約指輪。まだ、私の手元にあるのよね。あれ、どうする？」

「どうするって……」

さすがに、これはわけがわからない。一体、彼女は何が言いたいのだろう。

「こちらから破棄したんだから、返さなくちゃと思って。でも、社内で気軽に渡せるようなものでもないし。それとも……」

「……………」

「私に、持っていてほしかったりする？」

雅彦は、耳を疑った。まさか、そんなわけがないだろう。返してもらっても困るが、それは無用の長物だからであって、勝手に質屋にでも何でも持っていってくれればいいのだ。

限界だ、と思った。これ以上話していたら、美貴子の嫌な面しか覚えていられなくなる。仮にも結婚を考えた相手に、そんな扱いはなるべくしたくなかった。

いや、そうじゃないな。俺、また自分のことを守ろうとしている。

以前はないことだったが、すぐさま冷静な声がする。それは、もう一人の自分だった。秋光が見つけてくれた、掛け値なしの素直な心だ。

そう。俺は、くだらない女と付き合っていたっていう事実を認めたくないだけなんだ。

一度言葉にしてしまうと、何だそれだけのことか、という気になってくる。雅彦はふうっと息を吐き、冷えた頭で美貴子へ向き直った。ここは感情的にならず、さっさと彼女をあしらってしまった方がいい。

「なぁ、美貴子。悪いけど、今日は勘弁してくれ。話がしたいなら、いずれ時間を作るよ」

「本当？　また、私の好きな例の店に連れていってくれる？」

「ああ、店でもどこへでも……」

「――高林さん」

途中で、何を話しているのか吹っ飛んだ。あんなに気を配っていたのに、秋光の声はすぐ後ろから聞こえてくる。慌てて振り返ると、所在なげに微笑む彼が立っていた。

「秋光くん、いつ……」

「早く着きすぎちゃったんで、目についたところを回ってたんだ。ほら、一階は関係者以外にも開放してるから。あの……あのさ」

「え……あ……」

まさか、いつから見ていたんだろうか。思わぬ展開に混乱し、雅彦は軽いパニックを起こす。美貴子は割り込んできたのが男の子と知って鼻白んだのか、胡散臭《うさんくさ》げな視線を無遠慮に彼へ向けていた。

「余計なことかと思うけど、俺だったら別の日でもいいよ」

「どういう意味……？」

「ごめん、聞くつもりじゃなかったんだけど、ちょっとだけ会話が耳に入ったから。何か、話があるみたいな雰囲気だったし……」

「秋光くん……」

「じゃあ、またね」

言うが早いか、返事を待たずに秋光はスタスタ歩き出す。そこで、ようやく雅彦も我を取り戻した。冗談じゃないと急いで後を追い、彼の肩を摑んで振り向かせようとする。

――だが。

「いいってば」

拒絶するような鋭い声音に、思わず動きが止まった。

「本当に……いいから」

「良くないよ！」

負けじと、雅彦も言い返す。俺が約束していたのは、秋光がびくっとする番だった。今度は、秋光がびくっとする番だった。

「どうしたの、急に。俺が約束していたのは、美貴子じゃないよ。君だ。一緒に食事をするのを楽しみにしていたのも、相手が君だからだよ。何か誤解しているのかもしれないけど、彼女と話すことなんか俺にはもうないから」

「で……でも……」

「何？」

「高林さん、やり直すならチャンスじゃないかって……。美貴子さんって別れた婚約者でしょう？」

「やり直すって、俺が彼女と？　え、もしかしてヨリを戻す相談をしていると思ったの？」

「…………」

図星だったらしく、みるみる秋光の顔が赤くなる。確かに後半の会話だけを聞けば誤解を招いても仕方ないが、だからって気を利かせすぎだ。いくら彼がお節介を自称していても、こればかりは受け入れられない。

「あのな、秋光くん。ロビーを見てごらん。美貴子は、もういないから」

「え……？」

やれやれと溜め息をつき、雅彦は語気を和《やわ》らげて言った。

「ロビーで言い合いなんて、誰の目に留まるかわからないし。揉《も》め事はご免とばかりに、どこかへ消えたはずだよ。そういう女性なんだ」

「あ、ごめん……」

「大丈夫。この程度なら、噂《うわさ》するほど皆もヒマじゃないさ。なぁ、そんなことより約束してくれないか。俺と約束をしたら、勝手に反故《ほご》にしないって」

「高林さん……」

「気が殺《そ》がれちゃったんなら、今日の計画は仕切り直しにしよう。でも、夕飯には付き合ってほしいな。何でも、君が食べたいものに付き合うから」

どうだろう、と窺《うかが》うと、まだ頬を赤らめたまま、秋光は無言で頷いた。自分の勘違いが相当恥ずかしかったのか、いつもに比べるとまるで口数が少ない。大体、こちらの事情をよく確かめもせずにあんなことを言い出すこと自体、彼らしくなかった。

ずいぶん、驚かせちゃったんだな。

今更のように罪悪感が募り、雅彦は無意識に右手を伸ばす。彼の頭に手を乗せて何度かくしゃくしゃと撫《な》でると、先刻までの苛々《いらいら》が嘘のように消えていった。

次は、ちゃんと王様扱いするから。

冗談めかしてそう言うと、やっといつもの笑顔が返ってきた。

4

その日は、久しぶりに朝からずっと雨が降っていた。

バイトから帰った秋光《あきみつ》は、シャワーを浴びた後は夕食も食べず、だるい身体《からだ》を引きずって二階の自室へ上がる。湿気のせいか、疲れがなかなか取れなかった。

「……今日は、メール来ないかな」

充電器に差したままの携帯電話は、ウンともスンとも音を発しない。本当は一刻も早く休みたかったのだが、もう少しだけ雅彦《まさひこ》からのメールを待ってみようかと思った。時間はまだ十時を過ぎたばかりだし、残業しているのなら帰宅はもっと遅いだろう。

「本当は文字よりも、声を聞きたいけどなぁ……」

そうは言っても、理由もないのに仕事中に電話をするわけにはいかない。気儘《きまま》な学生とは違うんだよ、なんて思われるのは嫌だったし、もちろん邪魔もしたくなかった。

何か、俺ってけっこう健気《けなげ》じゃん。

毎晩ジリジリと連絡を待ち、たまに会うのだって雅彦の都合に合わせている。自由な時間は自分の方が多いのだから不満はないけれど、ここまで徹底して誰かに対して『待ち』の姿勢を貫いたことなど生まれて初めてだった。

『うっわ、マジかよ。藤原《ふじわら》、尽くし系だったんだな』

先日、久しぶりに遠藤《えんどう》と会って遊んだが、雅彦の話を振られたので正直に打ち明けたところ真顔でそんなことを言われた。それどころか、「何か、愛人って感じじゃん？」とまで評されてひどく心外な気持ちになる。もちろん他愛もない冗談だし、遠藤も初期のような偏見は捨ててくれているが、秋光はそれ以来ずっと考え込んでいるのだった。

「愛人とか……冗談でもありえないって」

風変わりな付き合いではあるが、雅彦は妻帯者ではないし、そもそも自分は彼と恋愛関係にはない。それにも拘《かかわ》らず遠藤がそんな印象を抱《いだ》いたのは、どこかしら二人の間に秘密めいた雰囲気を感じ取ったからだろう。確かに、屈託もなく『あの人は友達』とは、少なくとも秋光の方は思えなくなっている。

「でも、違う。向こうは、全然そんなんじゃないんだから」

くったりと床に座り込み、秋光は不健全な思考を振り払った。

雅彦と一緒にいる時間は楽しくて、次の約束が決まらないと物足りなく感じたりもする。それを、初めは物珍しい友人に夢中だからだと解釈していた。まったく違う世界で生きている、何もかもが異質な友達。ついでに言えば、綺麗《きれい》な泣き顔と仕事のデキる年上の顔とのギャップもたまらなく魅力的だと思った。

それなのに、今は遠藤の何気ない一言にすっかり捕らわれている。もしかしたら、上手《うま》く隠しているつもりなのは自分だけではないだろうか。本当は下心が見え見えで、雅彦を初め周囲の人間に奇異に思われているのではないかと不安にかられたせいだ。

「いや、そんなことないよな。高林《たかばやし》さん、全然態度は変わらないし」

疑心暗鬼になり始めた頭をブンブンと振って、小さな溜《た》め息《いき》をくり返す。

それに、秋光には確信があった。もし、雅彦が気づいていたとしたら知らん顔はしないだろう、と。無駄な期待を持たせたり、秋光が思い詰めたりしないように、彼なりに真摯《しんし》な答えを出そうとしてくれるはずだ。

あの人は、俺に対して真《ま》っ直《す》ぐでいてくれるから。

でも、だからこそ隠し事をしている現状は辛《つら》かった。恋しい、会いたい、という想いに加速がついて、自制が利かなくなったらどうしよう。それ以前に、雅彦に新しく大切な人ができてしまったら――想像するだけで、心はどんよりと重くなる。

その時、自分は祝福できるだろうか。

二人の前で、笑って「おめでとう」と言えるだろうか。

「ああもう、発想が飛躍しすぎなんだって」

やめやめ、と暗い考えにストップをかけた。やっぱり疲れているせいか、ろくなことを考えない。こういう夜は不毛な連絡待ちなんてやめて、おとなしくベッドに入るのが正解だ。熱心に待っている時に限って、結局は肩透かしを食うものだから。

「そうだよな……」

雅彦に恋人ができる日はいつか必ず来るし、その相手は幾つも年下の男なんかではない。秋光だって年を取るからいつまでも高校生ではいないが、年齢差と性別だけは何年かけようと変わることはないのだ。

「………」

今からでも、心の準備は少しずつしておいた方がいいかもしれない。

そう自分に言い聞かせた途端、先日の光景が脳裏に蘇《よみがえ》った。会社のロビーで楽しげに談笑していた、絵になる大人の男女の姿。雅彦と美貴子《みきこ》がヨリを戻したと勘違いした、自分を囲む世界が崩《くず》れるような感覚に今でも指先が冷たくなる。

「は……」

いつの間にか、無意識に息を詰めていた。秋光は緊張したままゆっくり息を吐き出し、美貴子の面影を追ってみる。束《つか》の間《ま》しか見ていないが、勝ち気な印象の美女だった。背が高く、雅彦と並んでも見劣りがしない、いわゆるお似合いのカップルだ。「振られたんだ」と打ち明けて以来、彼は多くを語らないが、あれから彼女に対してどう思っているのか秋光はとても気になっていた。未練はないよと断言していたけれど、強がりの可能性だってある。

『秋光くんのお蔭《かげ》だよ』

以前よりずっと毎日が楽しい、と雅彦は礼を言ってくれた。でも、それは秋光が同性で気楽な相手だからかもしれない。恋愛なんて当分いいやと思っていて、傷が癒《い》えるまでの時間を楽しく過ごせるから一緒にいてくれるんだろうか。

じゃあ、傷が癒えてしまったら？　新しい恋をする元気を、取り戻してしまったら？

「……ったく。今夜は、どうしてこんなにウジウジ考えちゃうんだよ……」

またもや堂々巡りにハマりそうになって、秋光はぐったりと床へ横になった。

もう、考えるのもベッドに上がるのも面倒くさい。一番面倒くさいのはネガティブ思考に陥った自分だが、薄々原因はわかっていた。要するに、圧倒的な雅彦不足なのだ。

「そういや最後に会った時、秋から大きなプロジェクトが動くから、とか言ってたな」

八月も半ばを過ぎ、秋なんてすぐ目の前だ。会議は連日のようにあるらしいし、並行して他の仕事もある。そのため、次の約束は保留のままだった。余裕ができたら観ようと話していたインディーズ映画は、あと三日間で上映が終わってしまう。

「つまり、放っておかれて拗《す》ねてるだけか、俺……」

気を紛らわせようとバイトのシフトを多めに入れたので、疲労もそこそこ溜まっていた。小さな鬱屈《うっくつ》が積み重なって、秋光を余計に落ち込ませているのだ。

冷静にそこまで分析して、元気を出さなきゃと呟《つぶや》いた。明日のバイトも午後一で入れてあるし、ちゃんとベッドで休んで疲れを取っておかなくてはいけない。

「仕方ない。今日は諦《あきら》めて寝るか」

閉じかけた瞼《まぶた》を無理に開き、頑張って起き上がった。ついでに、お休みメールくらいは送ろうかと未練がましく携帯電話を取り上げて、そのまま硬直する。

「……え？」

思わず、自分の目を疑った。

自動ロックで画面がスリープ状態だったせいか、留守録を知らせるメッセージに少しも気がつかなかった。慌てて着信をチェックしたところ、どうやらシャワーを浴びている時にかかってきたものらしい。発信は、期待に違《たが》わず雅彦からだった。

「え、嘘《うそ》、マジ？」

眠気の吹っ飛んだ頭で、秋光は画面をタップする。焦って手順を間違えたりしてなかなか内容が聞けなかったが、耳に流れ込んできた声を聞くなり愕然《がくぜん》とした。

『……秋光くん』

今にも死にそうな、沈痛な響き。名前を呼ぶのさえ、やっとという感じだ。

しばしの沈黙が続き、残りの力を振り絞るようにして彼は声を出した。

『……ごめん、急に電話して。またかけ直すよ……おやすみ』

「高林さん……？」

『…………』

「高林さん？　高林さんっ！」

メッセージは、そこまでだった。だが、留守録だとわかっていても呼びかけずにはいられない。それくらい、雅彦の様子はおかしかった。切迫した空気を感じ、一刻の猶予もならないと急いで電話をかけてみたが、コール音が空《むな》しく鳴り続いた後で『電源が入っていないか、電波の届かない場所にいるため……』というアナウンスが流れ出した。

「くそ……っ」

嫌な予感に、胸がざわざわする。もう、雨でだるいなんて言っている場合ではなかった。何があったのかわからないが、とにかく雅彦の元へ駆けつけねば。

「十一時か……」

時間を確認し、電車では最寄りの駅の最終に間に合わないと判断する。第一、駅までのバスがもう終わっていた。秋光は手早く着替えを済ませ、財布と携帯電話だけを持って部屋を後にする。階段を駆け下りてきた息子に母親は驚いたが、「コンビニ行ってくる！」とだけ言い残して家から飛び出した。

高林さん、ごめん。俺、自分のことでいっぱいで気づかなかった。

いくら後悔しても後の祭りだが、とにかく一刻も早く顔が見たい。一体、どこへ向かえば会えるのだろうと考えたが、会社か自宅のどちらかしか思い浮かばなかった。

「電源、切ってるんだよな……」

迷いは一瞬だった。大通りに出た秋光はタクシーを止め、財布に入れておいた雅彦の名刺を取り出して引っ繰り返す。シートに滑り込むなり運転手にそれを見せ、裏に書かれたプライベートの住所を示して「ここにお願いします」と告げた。

『……ごめん、急に電話して』

走り出した車内で、ジリジリと留守録の声を追う。高林さん、と心の中で何度も呼んだ。秋光だって彼に「会いたい」と思っていたのに、どうして届かなかったのだろう。

決まっている。自分のことばかり、考えていたからだ。

雅彦の気持ちを計りかねて、どう思われているかばかりに気を取られていた。

ごめん……ごめんね、高林さん……。

雨に滲《にじ》んだネオンたちが、窓外に流線型を描いていく。傘を持ってこなかった、と初めて気づいたが、濡《ぬ》れる前髪も湿った服も何もかもどうでも良かった。胸騒ぎを沈めようと躍起になって電話をかけ続けたが、やはり応答はない。先日訪ねそびれてしまったマンションへ、まさかこんな形で行くことになるとは思いもしなかった。

「高林さん！　俺だよ、秋光だよ！」

エントランスで部屋番号を押すと、半ば諦めていたにも拘らず数回目で雅彦が出た。

「高林さん！　俺が見える？　高林さん！」

『秋光くん……どうして……』

噛《か》みつくように畳み掛けたが、相手はかなり驚いているようだ。たじろぐ気配と困惑する声に一瞬来るべきではなかったか、とヒヤリとしたが、すぐにロックが解除され自動ドアが緩やかに開けられた。

『……入って』

まごつく秋光の背中を押すように、雅彦が短く声をかける。夜中なので出入りする住人もなく、焦る心情とは裏腹にマンションのロビーはひっそり静まり返っていた。

一二〇三号室。一二〇三号室。

エレベーターに乗り込んだ秋光は、呪文《じゅもん》のようにくり返す。雅彦のマンションは十四階建てで、ワンフロアに十部屋ほどしかないこぢんまりした物件だった。その分、内装にお金をかけているのかシンプルだが高級感溢《あふ》れる作りになっていたが、今はほとんど視界に入らない。遊びに来たのなら心持ちは全然違ったろうにと、少しだけ悲しくなった。

「………」

ようやく十二階に到着し、ゆっくりと扉が開かれる。転がるようにして廊下へ出たが、いざ目指す部屋の前に来るとためらいが出てきた。声だけではわからなかったが、迷惑だったらどうしよう。自分の早合点で、本当は何でもなかったら。

——でも、もうここまで来たんだ。

臆病《おくびょう》になる心を叱咤《しった》し、インターフォンへ右手を伸ばす。しかし、指先が触れる寸前、中から鍵《かぎ》を外す音がした。ドアが開き、帰社して間がないのかシャツ姿の雅彦が現れる。

「高林さん……」

「……秋光くん……」

雅彦の青白い顔を見た瞬間、秋光は自分でも驚くほどの素早さで中へ入り込んだ。ここで追い返されたりしたら、悔やんでも悔やみ切れない。

「高林さん、夜中にごめん。でも」

続きは、口に出せなくなった。まるで待ち兼ねたように、きつく抱き締められたからだ。背後でドアの閉まる音が、自分たちを完全に世界から切り離した。

「た……高林さん……?」

予想外の行動に、秋光は激しく狼狽《うろた》える。鼓動はたちまち早鐘のようになり、全身の血管が熱く脈打つのを感じた。腕の中で身じろぎもできず、ただ彼が縋《すが》るように身体を寄せるのを受け止める。頭の芯《しん》がくらくらし、その場に立っているのがやっとだった。

どうしよう。ジッとしていた方がいいんだろうか。でも。

ダメだ。まるきり考えがまとまらない。今、自分に何が起きているのかさえ、客観的に判断する術《すべ》がわからない。苦しくて、熱くて、息が止まりそうだ。

何があったんだろう。一体、この人に何が……。

いくら考えたところでわかるはずもないが、秋光は何とか理性を繋《つな》ぎ止めようと必死だった。当たり前だが、これまで雅彦が自分に触れようとしたことは一度もなかったし、ましてや流れで肩や背中を叩《たた》くとかいうのとは種類が違う。まるで渇いた喉《のど》を潤《うるお》そうとでもいうように、彼は必死で秋光をかき抱いている。

「あ……の……」

「頼むから……」

おずおずと唇を動かすと、消え入りそうな声が聞こえた。

「しばらく……このままでいてくれないか。あともう少しだけ……」

「う、うん……」

そんな風に懇願され、ダメだなんて言えるわけがない。それに、拒む気など毛頭なかった。理由はよくわからないが、雅彦は自分を必要としている。それだけでも、身体を預けるには充分だった。

「うん、いいよ。大丈夫」

もう一度念を押し、観念して瞳を閉じる。そうすると、自分たちが抱き合っているのはいかにも自然なことのように思えた。むしろ、どうして今まで触れ合わずにいられたのだろうかと、不思議に思えてくるほどだ。

「高林さん……」

　そっと、想いを込めて名前を呼んでみる。

　背中に回された手が、深い溜め息と共に一層強くなった。出会いの時のように泣いてはいなかったが、涙よりも雄弁な沈黙が彼の傷を伝えてくる。

「来てくれたんだね……ありがとう……」

　秋光を抱き締めたまま、雅彦が小さく呟いた。冷え切った身体が、少しずつ人肌の温度を取り戻していくのがわかる。来て良かったんだ、と秋光は安堵《あんど》の息を漏らし、僅《わず》かに残っていた遠慮や不安から完全に解放された。

「電話したんだけど、繋がらなかったから諦めていたんだ。でも、まさか来てくれるなんて思わなかった。無茶させてしまったね……ごめん」

「俺の方こそ、気がつかなくてごめんなさい。もっと早く来られれば良かったんだけど。でも、高林さんが携帯の電源切っちゃうから困ったよ。もしマンションじゃなくて他の場所にいたら会えずに終わっちゃうところだった」

「ああ、そうか。君以外の人と話す気力がなくて、切ってしまったんだった」

「それって……」

　言いかけて、慌てて口を閉じる。つまり、彼は誰かの電話を拒絶していたのだ。それも、着信があれば無視できなくなる相手から。それで、電源を切ってしまった。

「………」

雅彦がそこまでする人間なんて、そうたくさんはいないだろう。だが、それ以上は詮索《せんさく》しても無意味なので秋光は考えるのを止《や》めた。彼は自分に会いたいと思ってくれた、それだけ知っていればもう充分だ。

「会いたいって、そう思ってくれてありがとう」

「え……」

「俺、高林さんのこと好きだもん。辛い時に思い出してくれて、すっげぇ嬉《うれ》しいよ」

「秋光くん……」

顔を見て言う勇気はなかったが、自然と「好き」という言葉が出てきた。おかしな意味に取られなければ、好意を口にするくらい大丈夫だよな。そう自分を安心させ、届かない本当の気持ちにはしばらく眠っていてもらうことにした。

「俺は……」

何か言わねば、と思ったのだろうか。しんみりと声を落とし、雅彦は再び沈黙する。どこまで話したらいいのか、少し整理しているのかもしれない。それから、名残惜しそうにそっと腕の力を緩めると、ほんの少しだけ秋光から身体を離した。

ようやく、二人は顔を見合わせる。

けれど、それはほんの束の間のことだった。再びどちらからともなく両手を伸ばし、互いを強く引き寄せ合う。しっかりと相手の身体に回した腕は、先刻とはまるで違う熱を持っていた。少しでも離れたら死んでしまうとでも言うように、雅彦はきつく秋光を抱き締める。その激しさが新たな不安を誘い、秋光は動揺の眼差《まなざ》しを雅彦へ向けた。

今、俺が手を離したら、この人はどこかへ行ってしまうかもしれない。

根拠のない恐怖が胸を塞《ふさ》ぎ、唇が震えてくる。その時、それまで虚《うつ》ろだった雅彦の目が、はっきりと秋光に焦点を合わせた。その瞳《ひとみ》が何を語ろうとしたのか読み取る余裕もなく、彼の顔が間近に迫る。吐息がかかるほどの距離に、唇が近づいていた。

「たか……ばやしさ……っ……」

突然の行為に怯《おび》え、無意識に秋光は後ずさろうとする。

だが、雅彦に身体を預けている以上、それは叶《かな》わぬことだった。

「……ん……っ」

抗《あらが》う間もなく口づけられ、そのまま呼吸まで奪われる。

重ねられた唇がなまめかしく動き、やがて強引に舌が割り込んできた。戸惑う間もなくそれを受け入れ、絡みつく愛撫《あいぶ》に翻弄《ほんろう》される。頭はじんじんと痺《しび》れ、緊張のあまり首筋がぴんと張り詰めた。

自分は今どこにいて、何をしているんだろう。

衝動的な口づけに、現実感が蕩《とろ》けていく。思考を放棄した秋光にとって、胸に染みる甘い刺激だけが唯一の確かなものだった。

「ん……ふ……」

喉が鳴り、吐息が溢れる。それでも、雅彦の愛撫は止まない。

幾度となく唇を重ね、情熱的に掻《か》き乱《みだ》されて、秋光は呼吸すら満足にできなくなった。それでも許されず舌を搦め捕られ、息苦しさにぼうっとなってくる。

ああ、このまま死ぬのかな――。

それもいいか、と頭の片隅で考えた。好きな人のキスで死ねるなんて、片想いの幕引きには最高だ。「乙女か、おまえは」と遠藤辺りは呆《あき》れるだろうが、体裁なんて構うもんか。

――その時。

「……あ」

無粋な小道具が、永遠を一瞬で打ち砕いた。

「…………」

「…………」

互いに見つめ合いながら、二人はその場に棒立ちになる。秋光がジーンズの後ろポケットに突っ込んでいた携帯電話が、いきなり鳴り出したのだ。気まずそうに雅彦が身体を引き、あっという間に現実が戻ってきた。

「え……と」

「出た方がいい」

無視しようかと思ったが、存外しっかりした口調で雅彦は言う。何てタイミングだよ、と恨めしい気持ちでポケットから引きずり出すと、発信は家からになっていた。コンビニに行くと言ったまま帰らない息子を心配して、母親がかけてきたのだろう。

「もしもし……母さん？」

決まりが悪いので雅彦に背中を向け、やや声を落として電話に出る。早速お説教が始まったが事情を話すわけにもいかず弁明にまごついていると、後ろから「貸して」と雅彦が右手を伸ばしてきた。

「あ、でも……」

自分が勝手に押しかけたのに、下手《へた》をしたら彼が悪者になってしまう。秋光が渡すのをためらっていると、雅彦は薄く笑って丁寧に携帯電話を取り上げた。

「もしもし、夜分に大変申し訳ありません。高林です。ご無沙汰《ぶさた》しております」

数分前まで死にそうだったのが嘘のように、彼は滑《なめ》らかな口調で挨拶《あいさつ》をする。優雅で品の良い声音《こわね》と落ち着いた語りには、非常識も常識に変えてしまう不思議な力があった。見事な落差に唖然《あぜん》としている間に話は進み、「残業で急に人出が必要になり、悪いと思ったが秋光へ助けを求めた」ことや「今夜は遅いので自宅へ泊めるが、後日改めてお詫《わ》びに伺う」ことなどを雅彦は巧みに親へ納得させてしまった。

「すっげ……母さん、あんなに喧《やかま》しかったのに……」

それでは失礼します、と電話を切った直後、秋光は感嘆の声を漏らす。伊達《だて》に一線で仕事をこなしていないな、と尊敬の眼差しを向けたが、雅彦は浮かない顔のままだった。

「……秋光くん」

「何?　高林さんのお蔭で、怒られないで済んだよ。ありがとう」

「すまない。君に嘘なんかつかせて」

「そんな……大丈夫だって」

自己嫌悪たっぷりの呟きに、彼の生真面目《きまじめ》さを思い出す。少し頭が冷えたのか、雅彦の表情はいくぶん落ち着いたかのように見えたが、先刻のキスがひどく遠いものになってしまったようで秋光は少し胸が痛んだ。

そうだ……キス、したんだよな……俺たち。

突然のことだったし、半分理性も飛んでいたので実感は薄いが、あれは本当にあったことなのだ。その証拠に、秋光の唇は余韻《よいん》に震えている。口腔内《こうこうない》を愛撫された生々しい感触は、まだしっかりと覚えていた。

高林さんが、俺に——。

どうして、と今すぐここで訊《き》いてみたい。許されるなら、本音を残らず暴きたい。一時の衝動に負けたのだとしても、その結果が全てあの行為に繋がるとは思えない。

何故《なぜ》なら、秋光は男だからだ。男女の仲には『弾み』や『成り行き』が存在しても、同性の間で成り立つにはそれなりの背景が必要ではないだろうか。

あるいは、こちらの想いを見透かされていたとしたら。

ふと、その可能性について秋光は考えた。雅彦が気持ちに気づいていたなら、拒否される心配はないと踏んだのかもしれない。それはあまり愉快な想像ではなかったが、人恋しさのあまり確実に受け入れてくれる相手を選んだとすれば……。

俺、どうすれば良かったんだろう。

答えが見えずに混乱したまま、秋光は途方に暮れてしまった。

男同士なのに、とか恋人じゃないのに、とか建前を駆使して拒否することはできた。でも、秋光の唇は雅彦を感じることができて喜んでいる。それは、ごまかしようがない事実だ。突然奪うようなキスをされても、相手が雅彦なら少しも嫌だとは思わなかった。彼を受け入れて、欲しがられている自分に満足した。

そんな感情に付ける名前など、秋光はたった一つしか知らない。

「高林さん、あの……」

「とりあえず、上がって。何か飲み物でも淹《い》れるよ」

「う……うん……」

会話は多少ぎくしゃくしたが、場所を移すのには賛成だ。雅彦がリビングに向かって歩き出すのを追おうとして、まだ自分が靴すら脱いでいなかったことに秋光は呆れた。

「どうぞ。散らかっているけど」

「お、お邪魔します」

初めて足を踏み入れた部屋は天井が高く、窓が大きく取られた開放的な空間だった。おまけに住人の趣味を反映した機能的なインテリアと圧倒的な物の少なさが、ますます広さを際立たせている。

「へぇ……」

自分の部屋の雑然さと比べて、秋光は「どこが散らかってるんだよ」と口にしかけた。だが、ふと見れば脚の低いガラスのテーブルにビールの空き缶が幾つも転がっている。その量から察するに、だいぶ前から帰宅していたらしい。恐らく、帰社はしたものの着替えもせずに飲み続けていたのだろう。

そういえば……アルコールの匂《にお》いがしていたかも……。

キスの最中は翻弄されるばかりで余裕がなかったが、後から考えれば冷たい唇もそのせいだったかと思い当たる。では、あの行為は酔っていたせいだったのか、と全ての辻褄《つじつま》が合った途端、不意に心が重たくなった。

そっか。酔っぱらって、理性の箍《たが》が外れていたんだ。

何のことはない、答えはごく単純なものだった。雅彦の真意なんて関係なく、アルコールの勢いが羽目を外した行動を取らせただけなのだ。それがわかった途端、秋光の身体から微熱が引き、全身が急速に冷えていった。

「これ、どうかしたの？　一人で飲むには量が多すぎるけど」

「………」

「高林さん、酔ってたんだね。どうりで、何か変だとは思ったんだ。俺を見るなり、いきなりあんな……あんな風にするからさ。どうしたんだろうって、不思議に思ってたけど。酔っていたんなら納得だよ。ほら、よくいるよな。酔うと誰にでもキスする人とかさ……」

「……そんなのじゃないよ」

「だったら……だったら、何でなんだよっ」

言葉少なに否定する雅彦に、背中を向けたまま声を荒らげる。もしも雅彦が酔った勢いでキスをしたのだとしたら、ときめいてしまった自分はとんでもないマヌケだ。

「俺、高林さんの着信に気づかなくて……だから、タクシーで一生懸命に来て……」

「秋光くん……」

「電話の声、死にそうだったし。きっと、大変なことがあったんだろうって」

「………」

「だから、何されたって嫌じゃなかったよ。高林さんがいいならって……そう思って……でも……いや、違う。そうじゃないんだ」

「え?」

「俺が……」

俺が、それを望んだんだ。高林さんのせいじゃない。

俺が、あなたとそうしたかった。

心の呟きを、そのまま言葉にできたらどんなにか楽だろう。けれど、そんなことができるはずがなかった。あなたに恋をしていると言えば、雅彦がどれだけ困るか想像がつく。

「秋光くん……?」

雅彦の気配が、遠慮がちに近づいてきた。だが、秋光は振り向けない。ただでさえ落ち込んでいる彼を、この上責めたりはしたくないからだ。

雅彦が素面《しらふ》だったら、男の自分にキスなんかしてくるわけがない。そんなわかりきった事実を、改めて思い知らされたような気分だった。

「秋光くん、どうし……」

「ごめん、高林さん。俺、帰る」

肩に触れた指を振り払い、秋光は急いで出て行こうとする。もう、頭の中はめちゃくちゃだった。本心をごまかし、表情を取り繕うのも、すでに限界まできている。たとえ言葉にしなくても、このまま側にいればきっとバレてしまうだろう。雅彦が好きだと、キスをされて嬉しかったと。それが、何より怖かった。

「秋光くん！　待ってくれ！」

無理に帰ろうとした秋光を、雅彦がなりふり構わず引き寄せた。勢い余った二人はカーペットの床に倒れ込み、秋光は組み敷かれた体勢になる。

「な……何すんだよ。俺……帰るって……」

「帰らないでくれ」

雅彦の必死な瞳が、真っ直ぐ自分を映していた。

秋光は息を呑《の》み、拒むのも忘れて彼を見つめ返す。

「いきなりあんな真似《まね》をしたのは謝るよ。信じてくれないかもしれないけれど、俺は決して君を……その、ああいう目的で部屋に上げたわけじゃなかったんだ。ただ……」

「ただ……？」

「――嬉しかった。駆けつけてくれた君が……一生懸命な顔が愛《いと》しくて……それだけで胸がいっぱいになってしまって」

「だからって……」

「ごめん。本当にごめん。でも、酔っていたとか誰でも良かったとか、そういうのとは違うんだ。俺は、ただ君を抱き締めたかった。自分のものにしたいと、そう思った」

「高林さん……」

自分のものにしたい、という一言に頬《ほお》が燃えるように熱くなった。しかし、雅彦は引き止めるのに夢中で己の発言の重大さに少しも気が回っていないようだ。

「お願いだ。そんな傷ついた顔のまま、帰らないでくれ。君にそんな顔をさせるなんて、本当に愚かだった。秋光くんの気が済むまで、俺を罵《ののし》って構わないから」

「…………」

思いつく限りの言葉を、彼は懸命に並べている。そこには年上の見栄や体裁はなく、ただ純粋に秋光を求める姿だけがあった。どうして、と問えば彼自身も返答に困るだろうが、たとえ名前がなかったとしても、自分を想ってくれている感情は紛れもなく本物だ。

この人が好きだ、と秋光は心の底から思った。

誰かの身代わりでもいい。

淋《さび》しさを埋めるためだけでも、構わない。

雅彦がこの場で笑ってくれるなら、できることは何だってしてあげたい。

そう覚悟を決めたら、嘘のようにわだかまりが消え失《う》せた。

「何があったの、高林さん」

「え……」

「俺に電話したの、ただの気まぐれじゃないんでしょう？　ちゃんと理由を聞かせてよ」

「…………」

「聞かせて。そうしたら、俺にも取るべき道がわかるから。だから……聞かせて」

「……わかった」

秋光の毅然《きぜん》とした口調に、雅彦も心を決めたらしい。

彼は短く深呼吸をすると、こちらを見下ろしたまま話し出した。

「何だか、今となっては遠い出来事のようだけど……俺が振られたのは知ってるよね？」

「うん、相手は美貴子さんだよね」

「彼女……他の奴と結婚が決まったんだ。それを、今日聞かされた」

「え、ちょっと待って。結婚って誰とだよ。高林さんと別れて、一ヵ月もたってないのに」

いくら「遠い出来事のよう」と言ったところで、実際は婚約破棄からまだ日が浅い。あまりに予想外だったので、秋光も他に言葉が浮かばなかった。

「相手は誰だと思う？　――佐々木《ささき》だよ」

「佐々木って……前に会社で会った……」

「ああ。俺は、仕事の後であいつから呼び出されて、結婚の報告を受けたんだ」

嫌な記憶が蘇ったのか、雅彦の表情が一段と暗くなる。けれど、秋光は何も言えなかった。

彼と佐々木の間におかしな空気が流れていたのは感じたが、まさか三角関係だったとは思わなかった。それなら、美貴子という女性は二股をかけていたのだろうか。

「……秋光くんは、敏感な子だね」

暗い瞳のまま雅彦は微笑《ほほえ》み、疲れたような溜め息を落とした。

「そうだよ。言葉は悪いけど、美貴子は俺と佐々木に二股をかけていたんだ。もっとも、俺がそのことを知ったのは今日なんだけどね」

「そんな……」

「彼女から別れを切り出された時、いろいろと理由はあったんだけど一番は〝佐々木くんを好きになってしまった〟というものだった。だけど、あくまで自分の片想いだって言い張っていたんだ。佐々木とはまだ何もない、そこだけは誤解しないでほしいって」

「それ……嘘だったんだ……」

「まぁ、そういうことになるな」

苦々しく刻まれた笑みは、彼女への軽蔑《けいべつ》と自嘲《じちょう》、はたしてどちらなのだろう。今まで悲しむだけだった彼にこんな表情をさせた相手へ、秋光は強い反発を抱いた。

「佐々木は、一本気で実直な奴だ。あいつが、別れて間もない俺の元恋人と即行で付き合うなんてありえない。まして、結婚なんか言語道断だ。要するに、美貴子は俺と彼女の付き合いがオープンじゃなかったのをいいことに、佐々木にも接近していたんだろう」

「…………」

「前にも言ったよな？　俺は、嫌な奴なんだよ。佐々木から結婚の報告を受けた時、恐らくは何も知らないであろうあいつまで憎らしく思えた。せっかく薄れかけていた傷を抉《えぐ》られた気がして、どうしても……許せなかった」

「それは……それは無理ないよ。だって、ひどすぎる話じゃないか」

憤慨して声を荒らげると、険しかった瞳が少しだけ和らぐ。

雅彦は、怒りの代わりに見慣れた色をそこに浮かべた。自己嫌悪と悲しみと、理不尽な運命に対する失望だ。

「ありがとう、秋光くん。だけど、腹を立てた俺は卑怯《ひきょう》な真似をしてしまったんだ。取り返しのつかない……最低なことを」

「え……？」

「気がついたら、勝手に口が動いていた。〝おまえ、俺が美貴子と付き合っていたのは承知だろうな？　ああ、でもほんの一ヵ月ほど前に別れたばかりだから、別に気兼ねなんかしなくてもいいんだけど〟……って……」

「──本当に？　そう言ったの？」

驚いて問い返すと、微かな震えが伝わってきた。激しい後悔に苛《さいな》まれ、雅彦がどんなに自分を責めているのか痛いほどわかる。慰めたくて秋光が左頬に指を伸ばすと、どうぞ罵ってくれとでも言うように彼は早口で先を続けた。

「俺は……本当に最低な男だ。どうしようもない人間なんだ！」

「高林さん……」

「友人を傷つけただけじゃ飽き足らず、自分の恋まで汚いものにした。美貴子は、きっと俺

せにできる男じゃないんだ。身勝手で情のない、どうしようもない奴なんだよ……！」
しい人間じゃない。思いやりもない。美貴子の選択は間違っていなかった。俺は、誰かを幸
が佐々木を傷つけるはずはないと、そう思っていたに違いないんだ。だけど、俺はそんな優

「…………」

雅彦の懺悔《ざんげ》に、秋光はかける言葉さえ見つからない。いや、どんなに気の利いたセリフを口にしたところで、今の彼は救えないだろう。ほんの一瞬、心の動揺に悪魔がつけ込んだ。そうとしか言いようのない悪意は、決して彼の本質ではないのに。

「佐々木は……あいつは俺から話を聞いた直後に、その場で土下座したよ。居酒屋の店内で、客が大勢見ている前でね。あいつは何も悪くない、美貴子に騙《だま》されていただけなのに。まるで自分が一番の悪者のように、言い訳もせず〝すまない〟と……」

「高林さん……」

「その瞬間、俺は自分が許せなくなった。あいつ……あいつの方が、どんなにかショックを受けていたろうに……それを思いやることもできずに俺は……」

拠《よ》り所《どころ》を求めるように、頰に当てられた秋光の手に、熱くなった左手が重ねられる。

「俺が、まだ美貴子を愛しているならマシだった。それなら、ただの嫉妬《しっと》に狂った哀れな男だ。だけど、真実はそうじゃない。俺の中で彼女の存在は確実に消えかけていて……それなのに、一時の衝動だけで大事な友人を傷つけたんだ」

「…………」

「そうして、今もまた君を傷つけている」

「俺を？」

「ああ。自分でも、自分がよくわからないんだ。どうして、男の子の君にあんな……あんなキスなんかしたんだろう。君が拒否しないのをいいことに、俺は……どうして……」

そこまでが、限界だった。

己の弱さや醜さを曝《さら》け出し、雅彦は判決を待つ囚人のような顔を見せている。

恐らく、佐々木と美貴子の結婚も暗礁《あんしょう》に乗り上げるだろう。彼女の自業自得とはいえ、自分の一言が皆を不幸にした事実は変わらない。雅彦の絶望は手のひらを通して、秋光にも充分に伝わってきた。

「……あなたは、悪くないよ」

自然と、唇がそう動く。言った後で、心の底からそうだ、とくり返した。それから、床に放り出していた右手を上げて、静かに雅彦の背中に回す。

「秋光くん……？」

「大丈夫。俺が側にいるから」

そのままゆっくりと彼の身体を引き寄せ、秋光はもう一度囁《ささや》くように言った。

「あなたは、絶対悪くない。公園で泣いている姿も、車道に散らばった花束も、俺はちゃん

と覚えているよ。いつだって、高林さんは一生懸命だったじゃないか。俺は、あなたが嫌な奴だなんて思わない。もし、どうしても自分を許せないって言うんだったら、俺が……」

「…………」

「俺が、あなたを許すよ」

「秋光くん……」

「本当だよ。世界中の人が許さないって言っても、俺は高林さんを許すから。だから、嫌な奴だなんて言って自分を責めないで。そんな言葉を聞くと、凄く悲しいよ」

どうか伝わりますようにと、祈りを込めて雅彦を抱きしめた。彼の重みを感じると同時に整髪料の香りが鼻腔《びこう》をくすぐり、どれもが愛しくてたまらなくなる。雅彦という人間を形作る欠片《かけら》の全てが、秋光の心を強く惹《ひ》きつけた。初めて会った時から、ずっとそうだった。

雅彦が伏せていた顔を上げ、物問いたげに見つめてきた。

言葉はなくても、求められているのはわかる。秋光が頷《うなず》くと、そっと唇が重ねられた。最初とはまるきり違う、壊れ物を扱うような繊細で優しいキスだった。

吐息混じりの口づけを受け、秋光はうっとりと身体から力を抜いていく。雅彦の唇が耳たぶに移り、やがて首筋へと下りていく間も、おとなしく彼に全てを任せていた。

「……いいの……？」

シャツのボタンにかかった指を止め、雅彦が掠《かす》れがちな声で尋ねてくる。瞳を閉じた秋光は、もう何も言葉にできなかった。溢れる想いが理性を押し流し、すでに自分では止められない。寄せる唇や触れる指の熱さが答えを持っているのなら、この肌がそれを知ってくれればそれでいいと思った。

「ベッドに……」

「ううん、いい。このままでいい。俺に、考える時間を与えないで」

「でも……」

続きを呑み込み、雅彦がためらいを捨てたのを感じる。首から鎖骨へと口づけながら、彼は片手で器用にボタンを外していった。はだけた胸元から左手が滑り込み、そのままスルリとシャツが手首まで流れ落ちる。

そうか……灯《あか》りがついたままなんだ。

閉じた瞼《まぶた》の向こうから、照明が眩《まぶ》しく秋光を照らし出す。女の子のように大事にされ、相手のリードに任せている自分が不思議だった。何だか別の生き物になったような気がして、奇妙な居心地の悪さが襲ってくる。だが、こちらの戸惑いを読み取ったのか、雅彦はこの上なく優しい声音で名前を呼んでくれた。

「秋光くん……」

甘い響きは露《あらわ》になった肌へ降りかかり、ようやく秋光は安堵する。

この人が好きだ、と胸で呟いた。

好きだから大丈夫なはずだ、と続けて言い聞かせた。

どんな美しい言葉でも、雅彦の悲しみを和《やわ》らげることはできない。そんな無力感を、秋光は彼と抱き合うことで払拭《ふっしょく》したかった。終わりの見えない堂々巡りの苦しみから、一時でも愛する人を解放したかった。

「高林さん……」

「……名前で呼んで。君に呼ばれると、俺は自分が何者なのかわかる気がする。だから、君の声で俺の名前を呼んで」

「……まさ……ひこ」

おずおずと唇を動かすと、ふわりと微笑む気配がした。

「ありがとう。君に呼ばれた分、必ず返事をするから。秋光くんが求めるだけ、俺は何度でも君に応えるから。約束する。どこにも行かない。一番近くにいて、君が望むだけずっと側にいる。だから……今夜だけ、同じことを君にも求めていいだろうか?」

切なく請われ、秋光の胸はいっぱいになる。

勇気を出して、もう一度「……雅彦」と呟いてみた。返事の代わりに長い溜め息が零《こぼ》れ、秋光の肌をしっとりと湿らせる。

「う……ん……」

尖《とが》らせた舌先が胸に落ちると、それだけで秋光の体温は上昇した。痺《しび》れるような快感が身体を走るたび、まつ毛を震わせてやり過ごす。時折漏れる喘《あえ》ぎ声《ごえ》は、自分でもどこから出ているのかまったくわからなかった。微熱を帯びた口づけが、思考を全て蕩かせるせいだ。

「……ぁ……は……っ……」

淫《みだ》らな指の動きが下半身に絡みつき、脳裏に幾つもの光が弾《はじ》ける。行き場のない熱を持て余し、無意識に逃げようとしても無駄だった。雅彦はしっかりと体重をかけていて、どこへもやらないと言わんばかりだ。

「あう……んぅ……」

敏感な肌に甘い刺激を与えられ、秋光はやるせなく雅彦にしがみつく。セックス自体は初めてではなく、付き合っていた女の子と何度か経験していたが、相手に全てを委《ゆだ》ねるのがこんなに切ないものだとは知らなかった。

「……大丈夫……？　苦しい……？」

尋ねる雅彦も、肌が上気して声が掠れている。秋光は夢中で首を振り、むきだしの彼の肩へ指を食い込ませた。重ねた場所から潤んでいき、次第にどちらの熱かもわからなくなる。いつの間に雅彦が服を脱いだのか、それすら秋光は気づかなかった。

女じゃないから、と密《ひそ》かに思ってみる。

どんなに優しく抱かれても、自分は雅彦の愛した女性にはなれない。彼を悦《よろ》ばせる身体に生まれついてはいないのに、それでも慰めになるのだろうか。

けれど、そんな疑問を打ち消すように、雅彦の愛撫はどこまでも優しい。

いっそ、手荒く扱ってくれればいいのに——そう秋光は思った。そうすれば、小さな迷いなんて吹き飛ばせる。快感に呑まれて何もかも忘れて、雅彦と一つにならなければ。このまま互いを慰め合っているだけでは、きっと自分も彼も救われない。

頭の片隅でそんな決意を固め、秋光は自ら少しずつ脚を開いた。

「雅彦……」

すでに、秋光自身は雅彦の手の中で充分に煽《あお》られている。解放を待つ情欲の塊《かたまり》は、じりじりとその時を待っていた。だからこそ、秋光は雅彦に欲望をぶつけてほしい。自分はそれに耐えうる身体であると、繋がることで証明したかった。

「俺、平気だから……だから……」

「秋光くん……」

「いいから」

短く言い切って、再び目を閉じる。覚悟は決めたつもりなのに、情けなくも全身が恐怖に強張《こわば》った。悟られない内にと焦っていたら、ようやく右膝《みぎひざ》に雅彦の手がかけられる。そのまま静かに力が加えられ、ゆっくりと脚を拡《ひろ》げさせられた。

うわ……。

羞恥《しゅうち》で顔から火の出る思いだったが、唇を噛んで懸命に堪《こら》える。力を入れるあまり眉間《みけん》に濃い皺《しわ》が刻まれていることすら、秋光は気づいていなかった。

ところが。

「え……あっ……」

それは、予想外の展開だった。

雅彦は自身を埋め込む代わりに、昂《たかぶ》る秋光自身に口づけてきたのだ。優しく生温かな感触に包み込まれ、驚いた秋光は反射的に身を引こうとした。

「逃げないで」

目線を上げて、雅彦が言う。

「言っただろう? 君の一番側にいるって。だから、逃げないで。安心して俺に任せて」

「で……でも……」

「愛したいんだ、君自身を。こんな気持ち、上手く言えないけど……さっきのように欲望のままに口づけて君を傷つけるより、もっと深く愛し合いたいんだ」

そう語る声音が、すでに吐息となって新たな快感を誘ってしまう。戸惑う隙を突いてそっと輪郭に舌が這《は》わされ、爪先《つまさき》まで甘い痺れが走った。

「う……く……ん……」

喉で声を押し殺し、それでも溢れる音色に唇が閉じられない。舌を使われるたびに艶《なま》めかしい音が部屋に散り、一層秋光の身体を火照《ほて》らせた。

「あぁ……っ……んく……」

かつて経験したこともない、強烈な快感に乱される。やめてと言いたくても、まともな言葉など発せられなかった。雅彦の口腔内で固さを増し、熱く脈打つ分身が恥ずかしい。けれど、それ以上に張り詰める欲望が秋光を狂わせた。

「あふ……あぁ……だ……め……も……」

情欲は出口を求めて暴れ狂うが、雅彦は巧みにかわしながら尚《なお》もじっくりと愛していく。上下に擦《こす》られ、きつく吸われると、それだけでおかしくなりそうだった。

「ま……さひ……こ……っ……ぁあっ……」

柔らかな愛撫に腰から下が蕩けそうになり、無我夢中で名前を呼ぶ。雅彦の髪に指を絡ませ、彼の愛撫に翻弄されている事実にも、すでに抵抗は何も感じなかった。びくびくと屹立《きつりつ》が震え、先端から零れる蜜《みつ》も思わせぶりな舌に舐め取られてしまう。そんな真似までさせているると思うと、倒錯した快感が更に秋光を弄《もてあそ》んだ。

「だめ……も……許し……」

ひくりとわななく分身を、ねっとりと舐め上げられる。限界が近づき、これ以上舌を動かされたらまずい、というところで、不意にひんやりとした空気に包まれた。

「……あ……っ……」

「少しだけ我慢して。いい子だから」

夢みるような声がかかり、秋光はうっすらと目を開いてみる。雅彦は口での愛撫を止め、身体をずらしてきつく抱き締めてきた。

「もし、君が嫌でなかったら……」

彼が何を望んでいるのか、密着させた身体ですぐにわかる。秋光は微笑み、右手を彼の下半身へ少しずつ絡ませた。

「あ……」

雅彦が小さく声を漏らし、熱い溜め息を零していく。微熱を含んで潤んだ場所に、指先を這わせて手の中で優しく弄《いじ》ると、たちまちその部分が張り詰めた。雅彦もまた秋光に触れ、二人はどちらからともなく唇を重ね合う。そうして長い口づけを交わしながら、互いの分身を時間をかけて丁寧に愛おしんだ。

「あ……ぅ……くっ……ぁ……」

何度も昇り詰める寸前に止められて、秋光はぎりぎりまで焦《じ》らされる。さすがに身体が辛くなって身をよじると、目の端に滲《にじ》んだ涙を悪戯《いたずら》っぽく舐められた。

「……秋光……」

耳元でこっそりと囁かれ、うなじまでじんわりと甘くなる。彼の愛撫が打って変わった激しさに変わり、秋光は心の準備もできないまま、いっきに全ての熱を吐き出した。

「あ……ぁ……ああ……」

「秋光……秋光……ッ……」

続けて秋光の手の中で、雅彦も同じように昇り詰める。二人はしばらく無言で抱き合い、荒く弾んだ息だけが唯一の音となった。

「まいったな……」

「え……？」

やがて、後始末のために上半身を起こしながら、雅彦がボサボサになった頭で呟く。

「君の声を聞いているだけで、我慢が利かなくなった」

「そ、そんなこと言われても……」

「凄く可愛《かわい》かった。名前を呼ばれたら、もう理性が吹っ飛ぶくらいに」

「……勘弁して」

本気なのか照れ隠しなのか、そんな風に言われてたまらず逃げ出したくなった。けれど、一糸纏《まと》わぬ無防備な姿ではどこへも行きようがない。雅彦がティッシュで肌を拭《ぬぐ》ってくれた後、シャワーを勧めてくれたが、すぐには動くのが億劫《おっくう》だったので先に行ってもらった。

「ふぅ……」

一人でリビングに残されて、ようやく深々と息を漏らす。雅彦が貸してくれたパジャマの上着を肩から羽織り、秋光はまだふわふわする身体を持て余していた。

俺、高林さんと本当に寝たんだ――。

厳密には、そうは言わないかもしれない。結局身体は繋げていないし、互いの愛撫で感じ合っただけだ。でも、今はそれだけで充分感動的だった。

秋光は繁々《しげしげ》と右手をかざし、不思議な生き物でも見るような感慨に耽《ふけ》る。

この手で、大好きな人を愛したのだ。指がこんなにも雄弁だなんて、知らなかった。

「雅彦……か……」

くり返し、掠れるまで呼び続けた名前が、嵐の後の残骸《ざんがい》となって唇に残る。

幸せなのか切ないのか、何だか急にわからなくなり、秋光はぽろりと涙を零した。


目が覚めたら、ベッドの中だった。

「あれ……」

見慣れない天井と、やたらと寝心地のいいスプリングに違和感を覚え、秋光はゆっくりと瞬《まばた》きをする。再び目を開いた時には、昨夜の記憶が戻り始めていた。

「いつの間に……」

あれから自分もシャワーを借りて、リビングで雅彦とコーヒーを飲んだのは覚えている。

その内猛烈な眠気に襲われ、ちょっとだけのつもりで目を閉じた。そこから先の記憶がないと言うことは、ベッドまで雅彦が運んでくれたのだろうか。

「うわ、やっちゃった……」

秋光は細身な方だが、それでも同年代の女の子に比べたら筋肉の分、重いはずだ。抱えて部屋を移動するのは難儀だったのではないかと、今更のように反省した。

「そうだ。高林さんは……」

ベッドはダブルサイズのゆったりしたもので、二人で眠っても充分なスペースがある。現に隣には誰かが寝ていた形跡があったが、雅彦の姿は寝室には見当たらなかった。

「………」

起きなくちゃ。そう思って周囲を見渡すと、壁際に置かれた椅子の上に自分の服がきちんと畳まれている。全部やらせてしまった気まずさと、あんなことがあった後でも熟睡できる自分への驚きで何とも複雑な気分に捕らわれた。

そういえば、「おやすみ」って声を聞いた気がするなぁ。

少しずつ蘇る断片に、雅彦の愛おしげな囁きが重なる。まるで家族か恋人にでもなったような、とても幸せな気持ちで眠りについたのを思い出した。

「高林さん、もう出社しちゃったのかな……」

遮光カーテンの隙間から漏れるのは、眩しいほどの陽光だ。今日も暑そうだな、と呑気《のんき》なことを考えながらサイドテーブルに視線を移すと、目覚まし時計が視界に入った。

「嘘……っ、もう十時かよ？」

完全に目が覚めて、ヤバいとベッドから飛び降りる。今日は午後一でバイトが入っており、家に戻っていたら間に合わないかもしれない。

こうなると、雅彦がいなくて助かった。改めて考えるとどんな顔をすればいいのかわからなかったし、かと言ってバタバタしていたらせっかくの余韻も台なしだ。ただ、残していくなら置き手紙かメールくらいしてくれればいいのに、とそこだけは淋しく思った。

「そこまで望むのは贅沢《ぜいたく》だって、わかってるけどさ……」

口の中で呟いて、リビングに続くドアを開ける。

次の瞬間、「おはよう」と声をかけられて、秋光は心臓が止まるかと思った。

「秋光くん、よく眠れたみたいだね？」

「た、高林さん、いたんだ？」

「うん。今朝は遅れていくことにした。だって、君を残していけないだろう？」

「あ……ああ、そっか。鍵《かぎ》のこととかあるもんな」

「……そういう意味じゃなくてさ」

すっかり身支度を整え、右手にコーヒーカップを持った雅彦が苦笑いをする。以前と何も変わらないやり取りに安堵する一方、微妙なぎこちなさには気づかない振りをした。それは微《かす》かな緊張を残した彼の目許《めもと》や、変に構えてしまっている自分の心持ちが示している。

でも、仕方ないよな。それくらいのこと、しちゃったんだから。

むしろ、まるきり変化がない方が問題だ。これが恋人同士で迎える朝だったら、屈託なく笑い合えただろうにと思わなくもないが、ないものねだりをしてもしょうがない。

「高林さん、朝から掃除したんだ。リビング、すっげぇ片付いてる」

「ああ、うん。空き缶なんかは、さすがにそのままにしておけないしね」

「わかる。かなりの量だったもんな」

「あのなぁ、それは言いっこなし」

他愛もない会話をし、本当に昨夜の片鱗《へんりん》が何もない部屋に少なからず落胆した。何だか、全てが「なかったこと」にされてしまったようだ。考え過ぎなのはわかっているが、胸に居座る淋しさだけはどうしようもなかった。

多分、高林さんも困ってる。俺と、どう付き合えばいいのかって。

綺麗に片付いた空間で、自分と雅彦だけが途方に暮れている。こんなに明るくて、何もかも見渡せるところにいながら、辿《たど》り着《つ》くべき場所がわからなくて立ち往生している。そんな錯覚に襲われ、秋光は昨晩の心細さを再び味わっていた。

「あのね、秋光くん。本当は、今すぐにでも話をしたいんだけど……」

「え？」

「いや、あの……昨夜のことを」

ひどく頼りない気持ちでいたせいか、雅彦がたどたどしく言葉を紡ぐ。だが、まともなことを何も言えないまま、タイムリミットとばかりに溜め息をついた。

「ごめん。さすがに、そろそろ出ないとまずいんだ。また近い内に電話するから、とりあえず一緒に出ようか。忘れ物はない？」

「あ……うん」

「朝ご飯でも、ご馳走できたら良かったんだけど」

「平気。バイトで賄《まかな》いがでるから」

「そうか」

少し白々しさの残る会話はすぐに途切れ、二人は無言でマンションから出る。心の中では呆れるほどおしゃべりだったが、実際に口から出た言葉は「それじゃあ、また」という味も素っ気もないものだった。

現場に立ち寄ってから出社する雅彦とは、利用ホームもバラバラだ。改札で左右に別れて歩き出した秋光は、もっと何か話すべきことはなかったのかと、もどかしい思いにかられていた。雅彦は忙しい身の上だし、次はいつと具体的な目途はまるでたっていない。

——と。

「秋光くん！」

突然、背後から大声がかけられた。雅彦だ。

「た、高林さん……？」

「電話するから！　必ず電話する！」

秋光が慌てて頷くと、彼はホッとしたように微笑んだ。だが、甘い雰囲気も束の間、素早く踵《きびす》を返すと階段を駆け下りていく。ごまかしているのではなく、本当に時間が迫っているのだろう。少し心が慰められ、秋光も再び歩き出した。

「電話するから……か……」

ひっそりと呟いてから、切なく瞳を伏せる。

「高林さん……」

もう、雅彦なんて呼ぶことはないんだろうな。

そんな感傷に浸りながら、秋光はゆっくりとホームへの階段を下りていった。

5

それから数日は、何事もなく過ぎていった。

メールの数は減ったけれど、それでも三日に一度くらいは雅彦から連絡があったし、秋光も必ずそれには返信した。内容は以前と変わらない、ありふれた日常のこと。そうして、互いのメールの最後には決まり文句のように「時間ができたら、また会おう」の言葉が添えられていたが、具体的な約束はなかなか交わせないままだった。

「だからぁ、社会人なんかとつるんでもつまんねーよって言ったじゃん」

バイト先に客としてやってきた遠藤が、客足が途絶えたタイミングを見計らっては秋光にちょっかいを出してくる。男一人で来るような店じゃないぞ、と言ってやったが、細かいことは気にしない性格なのでまったく問題はないようだった。

「ここ、女の子はいないのかよ。ウェイトレスとかさ……」

「残念だけど、ホールスタッフは男だけなんだ。厨房《ちゅうぼう》には女性のコックもいるけど、うんと年上だぜ。それでもよければ、紹介するよ」

「……藤原って、男も女も年上好みなんだな」

顔をしかめて、露骨にがっかりしてみせる。もちろん、秋光が雅彦と寝たとは夢にも思っていないから言える冗談だ。憎まれ口を叩かれても客に冷たくするわけにはいかないので、秋光は「年上だからって、可愛くないわけじゃないよ」と笑ってやった。

でも、可愛い大人って厄介《やっかい》で面倒だけどね。

続けて心の中で呟き、雅彦の面影を脳裏に浮かべる。彼は秋光が初めて出会った、何のしがらみもない『大人』だった。それまで自分の世界に『大人』は関係がなく、言ってみれば異星人くらい意思の疎通ができない相手だったが、雅彦によって認識を改めさせられたことはたくさんあった。

大人だからって、泣かないわけじゃない。辛い時には誰かに縋りたくなったり、救いを求めたりもするのだ。特に、雅彦はたまたま人生最悪の時期に秋光と出会ったこともあり、そういう顔を見せる機会が多かった。多分、本人的には不本意だろうし、彼のいろいろな表情を知ってしまった秋光にとっても複雑な気持ちではある。雅彦が普通に当たり障りないサラリーマンでしかなかったら、こんなにも強く惹かれたりはしなかったからだ。

俺、きっと面倒な人が好きなのかもしれないな。

雅彦にも美点はたくさんあるが、彼が大人だから守ってもらいたいとか、いろんなことを教えてほしいとか、そういう風には思わない。むしろ、危なげで放っておけなくて、なまじ外面が良かった分も苦労を背負い込んでいるような、そんな不器用な面が好きだった。

スーツを着た時の厳しい顔、縋りついた時に見せた歪《ゆが》んだ瞳。どんな表情も秋光の中で鮮やかな印象を残し、丁寧に記憶のフィルムに焼きつけてある。

　中でも、先日の夜の記憶は一番大事な場所にひっそりとしまいこんだ。雅彦と会えない以上、どんなラベルを貼ればいいのか秋光にはわからなかったのだ。

「でもさ、藤原、ちょっと変わったよな」

「え？」

　お代わりの水を注《つ》ぎに行くと、遠藤は珍しく真顔でそう言った。

「何か、前より面構えがしっかりしてきたって言うか。そうかと思えば、ちょっと意味深な顔もするようになってさ。おかしなリーマンに出会う以前は、よく退屈そうにしていたくせに今は全然だもんな。上手く言えないけど、悪い感じじゃないよ」

「何だよ、急に。気味が悪いな」

「素直に褒めてやってるんだぞ。有難く聞けって」

「…………」

　どうやら、冷やかしではなく本気で言ってくれているようだ。日頃は毒舌ばかりの友人から褒められたので、秋光もそう悪い気はしなかった。

「やっぱり、夏ってのは偉大な季節なのかねぇ」

　会計を済ませた帰り際、遠藤はしみじみと独り言を漏らす。

　雅彦と過ごした夜から、もうすぐ一週間になろうとしていた。

翌日の夜、秋光は久しぶりに一人で映画館へ出かけることにした。贔屓《ひいき》の監督の特集が組まれていて、見逃していた数本の内の一本が今夜限りの上映をされるからだ。本当は雅彦と行こうと口約束だけしていたのだが、予定が合わない間にウヤムヤに流れてしまい、上映期間を過ぎてしまった映画だった。

一晩だけでも、復活上映してくれてラッキーだったな。

券売機でチケットを求め、ロビーで用意しておいたサンドイッチを齧《かじ》る。マイナーな監督の割にはまぁまぁの人出で、観客の服装や年齢も種々雑多なのが面白かった。

へぇ、あんなエリート風の人も来るんだ。ファン層、さすが幅広いなぁ。

売店で飲み物を買っているのは、背がスラリと高いサラリーマンだ。背中を向けているので顔までは見えないが、涼しげなライトグレーのスーツはぴったりと肩幅も合っていて、いかにも仕立てが良さそうだった。

そういえば、高林さんも隙のない綺麗な着こなしをしていたっけ。

つい余計なことまで思い出し、浮き立っていた心がたちまち沈んでしまう。変に間が空いてしまったせいで、彼とはますます会いづらくなっていた。仕事が忙しいのも嘘ではないだろうが、きっと向こうも同じように感じていると思う。

夏の間に、もう一度彼と会えるだろうか。

ふと、淋しさが秋光の胸を塞ぐ。メールでは普通でも、顔を見て話をするとなるとやっぱり先日の夜を思い返すだろうし、お互いに気まずい思いをするかもしれない。あれから雅彦がどうなったのか心配ではあったが、彼が望んでこない以上、秋光からはどうにも動きようがなかった。

カップに注がれたビールを受け取り、サラリーマンが振り返る。その瞬間、秋光は思わず「あ……」と声を出していた。

「高……林さん……」

「秋光くん……」

それきり互いに目が逸《そ》らせなくなり、時間が止まったような錯覚に陥る。

たった今「どうしているのか」と気を揉《も》んでいた相手が、目の前に立っていた。偶然と呼ぶにはあまりにタイミングが合いすぎていて、いっそ怖いほどだ。

「あ、あの……こんばんは」

「こんばんは」

間抜けな秋光の挨拶に、雅彦がくすりと苦笑した。それだけでみるみる緊張が緩み、表情が崩れそうになる。かろうじて涙は堪えたが、次に何を話していいのかわからなくなった。

「秋光くんは一人？　この映画、観に来たんだよね？」

「あ、うん。高林さんも……」

雅彦が一歩こちらへ踏み出そうとした矢先、開演を知らせるベルが鳴り出した。ぞろぞろと移動を始めた人の列が、二人の視界を徐々に遮っていく。

「秋光くん、上映後にまた！　ここで待ってて！」

最後に別れた時と同じく、彼が声を張り上げた。うん、と答えたつもりだが、上手く届いたかどうか自信がない。それでも、きっと雅彦は待っていてくれる、と思った。

「高林さん……」

もはや映画どころではなかったが、流れに乗って秋光も会場へ向かう。たとえ席は離れていても、同じ時間、同じ空間にいられるだけで幸せだった。同じものを見て、同じ温度で語り合える喜びに早くも胸が震える。会う前は頭でいろいろ考えていたが、顔を見れば理屈などあっさり飛び越えてしまうのだと実感した。

上映時間は九十分。

秋光の人生では、もっとも長い九十分だった。

「どうぞ、入って」

「……お邪魔します……」

そんなに固くならなくても、と笑われたが、秋光は怖々とリビングへ入る。だが、中へ足を踏み入れるなり自分でも戸惑うくらい（懐かしい）と思ってしまった。たった一週間ほどしかたっていないが、それくらいあの夜の印象は強烈だったのだ。

こんなところに寝起きしていて、高林さんは平気なのかな。

自分ならあれこれ思い出してとても無理だ、と思うものの、考えてみればここには美貴子だって出入りしていただろう。婚約者との思い出に比べれば、一夜の衝動的な出来事などさほど問題ではないのかもしれない。

「でも、本当に驚いたな。今夜、あそこで秋光くんと会うなんて思わなかったよ。何だかんだで、結局約束を実行できなかったから……」

「うん、俺もびっくりした」

「今夜だけの再上映だろう？　遅い時間だから行けたけど、秋光くんも来ていたなんて凄い偶然だったよな。こんなことなら、素直に誘えば良かった」

雅彦の話によると、たまたま直前に打ち合わせがキャンセルになり、夜の時間がぽっかり空いたらしい。ただ、上映時間が夜の八時からの一回きりだったので、秋光に声をかけるのをためらったのだという。

「どうして？　俺だって観たかったし、メールでもくれたら良かったのに」

「うーん、でも……」

「？」

「もし、誘っても断られたらちょっとショックかな、と思って」

「え……」

思わず絶句する。そんなことを雅彦が気にするなんて、想像もしていなかった。むしろ、秋光の方こそ悶々《もんもん》とその点を悩んでいたのだ。そうでなければ、あんなに会えないことでネガティブ思考になったりはしない。

とりあえず寛《くつろ》いで、と促され、先日はついに座ることのなかったソファに腰かけた。しかし、ふかふかで上等な座り心地は一介の高校生にはひどくそぐわない気がして、寛ぐどころかますます身体は固くなる。

「はい、缶のままだけど」

「ありがと……」

一度キッチンへ消えた雅彦が、冷蔵庫からウーロン茶の缶を出してきた。一つを秋光に手渡し、自分はカーペットの上に直《じか》で座る。ちょうど正面から見上げられ、居たたまれなさに拍車がかかった。

「あ、そうだ。高林さん、うちの母さんにフォローの電話入れてくれたんだって？　何か、どっかのお取り寄せの美味しいパウンドケーキも贈ってもらったって」

「うん、だって〝お詫びに伺う〟って言ったきり時間が取れなかっただろう？　ご心配おかけしたからね、あの夜は。……君にもだけど」

「う……」

ヤブヘビになってしまい、再び秋光は無口になる。メールのやり取りでも互いにその話題は避けており、改まって話すのは別れた時以来のことだった。

「でも、偶然でも今夜は会えて良かった。帰りは車で送っていくよ、もう遅いから」

「大丈夫だよ。あらかじめ遅くなるって言って出てきたし」

「そういう意味じゃなくて……」

「え？」

急に語尾を濁して困った顔をする雅彦に、秋光は素直に問い返す。

「ごめん、じゃあ、どういう意味？」

「だから、その……きちんと時間を取って、君と話をしたいと思っていたんだ。思わぬ形で機会を得たけど、さっさと帰られたら淋しいかなぁと……」

「淋しいって……高林さんが？」

「秋光くんは、俺が本当は情けない奴だって知ってるじゃないか」

少し自棄気味《やけぎみ》に、雅彦は開き直った。よほど決まりが悪いのか、しかめた顔が仄《ほの》かに赤く染まっている。自分のせいでこんな表情をしているのかと思うと、それだけで秋光の鼓動は速度を上げた。それでは、「会いたい」という気持ちは一方通行ではなかったのだ。

「あの監督、年を重ねてテーマが変わってきたよな。以前は〝わかる奴だけついてこい〟が顕著だったのに、最近の作品はいい意味で丸くなった。物語の視点が愛情深くなったよ」

「え……あ、今夜の映画のこと？　うん、優しい話だったね。俺、ちょっと意外だった」

「きっと、大事に想う人ができたんじゃないかな。若い頃は恋愛遍歴もかなりのものだったらしいけど、ここ十年ほどはパートナーが変わらないし」

「離婚歴四回だもんね。今の奥さんとは籍を入れてないんだっけ？」

「結婚の空しさに気づいた、とかインタビューで読んだことあるけど。紙切れにサインしただけで、永遠の恋人は失われてしまう――とか何とか」

「………」

永遠の恋人。

誰もが憧れる素敵な言葉だが、十七歳の秋光でさえ、そんなものが幻想に過ぎないことは知っている。けれど、世の中には生きている限り、その相手を探し続ける人がいるのだ。まるで、それが己の生まれてきた命題であるかのように。

俺も……本当は出会いたいとは思っているけど。

缶のプルトップを空け、秋光はウーロン茶を半分ほどいっきに呷《あお》る。久しぶりに雅彦と二人きりのせいか、何だかやけに喉が渇いた。

「……実はね」

雅彦が、おもむろに口を開いた。

「忙しかったのは本当だけど、もう一つ、どうしてもケリをつけなきゃいけないことがあって。それがどうにかなるまでは、秋光くんに会えないと思った」

「ケリって……」

「これ以上の醜態を晒《さら》したら、君に愛想を尽かされちゃうからね。俺自身、もう逃げてちゃいけないと思ったし。それら全部が昇華できたら、その報告を君にしたかった」

「…………」

「あれから、三人で話し合ったんだよ」

話の流れから予想はしていたが、それでも（やっぱり）と溜め息が出てしまう。雅彦の言う三人とは、もちろん彼と美貴子、そして友人の佐々木のことだろう。

さすがに神妙な気分なのか、雅彦もなかなか続きの言葉を口にしない。けれど、すでに整理はできているのか、一度話し始めると存外穏やかな口調だった。

「俺の余計な一言がきっかけで、佐々木と美貴子の結婚が破談になりかけている話はしたよね？　その後、当然美貴子からは抗議の電話があったよ。それはもう、さんざんな言われようだった。でも、彼女も自業自得だって意識はあったようで、最後の方は泣きが入って支離滅裂なことを言いだして。もともと、佐々木と二股かけるつもりじゃなかった、とか」

「それ、どういうこと？」

「……好きな気持ちは、二人とも同じだって。俺のことも好きだったけど、結婚となると不安があったらしいよ。俺に比べると佐々木は感情表現がストレートで、グイグイ女性をリードしていくタイプだからね。頼り甲斐《がい》がある、と思ったんじゃないかな」

ひどい、と秋光は内心激しく憤慨したが、当の雅彦はさほど気にはしていないようだ。驚くほど冷静に彼女の言葉を受け止め、特に何の感慨も抱いていない風に見えた。

「とにかく、電話じゃ埒《らち》が明かないんで三人で話そうってことになった。ところが、佐々木は〝話すことはない〟ってけんもほろろな調子で、引っ張り出すのに苦労したよ。で、適当なバーで落ち合ってようやく三人揃ったのが昨日の夜」

「…………」

「何だか、おかしな会合だった。傍《はた》から見れば立派な三角関係なのに、当人たちの気持ちはてんでバラバラな方向を向いているし。ただ、俺は佐々木にきちんと謝罪したかったから、それを彼が受け入れてくれたのは嬉しかった。あいつとは、この先もずっと友人でいたいからね。でも、美貴子との結婚となると別問題で」

はぁ、と重たい溜め息を漏らし、彼も自分のウーロン茶を数口飲んだ。

「あいつは、俺に〝美貴子とヨリを戻せ〟って言うんだ」

「ヨリを……戻す……？」

「そう。自分はもう降りる、知らなかったとはいえ後から割り込んだ人間だから、って。美貴子は〝それは雅彦次第だから〟とか言って、こっちに責任転嫁するし。自分で振っておいて、今更その言い草はないだろう？　とにかく全然話し合うどころじゃ……」

「そ……なんだ。じゃあ、美貴子さんは高林さんとやり直してもいいって思っているんだ」

「呆れるよな。そんなムシのいい話をされても……まして、佐々木の前でだぞ？　まぁ、彼女も追い詰められてまともな思考じゃなかったとは思うけど、でも……」

話の途中から、段々雅彦の声がよく聞こえなくなってくる。

秋光は急な息苦しさを覚え、慌てて残りのウーロン茶を飲み干した。けれど、不穏な動悸《どうき》は治まらないし、血の気が引いたように全身が寒くなる。貧血かな、と狼狽《ろうばい》したが、本当の原因にはとっくに気がついていた。

雅彦と彼女がヨリを戻す。

それは、一度は秋光の勝手な誤解で終わった問題だった。その時も雅彦は「未練なんかない」と言っていたし、心変わりをした彼女が戻ってくるとは思えない——そんな状況だったからだ。けれど、佐々木が愛想を尽かしたことで、自業自得とはいえ美貴子は一人になってしまった。かつては結婚しようと思った女性のそんな姿を見て、雅彦は心を動かされたりしないのだろうか。あれは本当の恋じゃなかったと、同じセリフを言えるのだろうか。

それに……高林さんがどんな選択をしようと、俺は口を挟める立場じゃない……。

もし、自分が雅彦の恋人で世間にも堂々と公表できる間柄だったら、ヨリを戻せと言われても彼は一蹴《いっしゅう》しただろう。だが、秋光は何者でもない。勢いで一度寝ただけの、第三者の目から見たらひどく曖昧《あいまい》な関係でしかない。

「秋光くん？　どうした、顔が真っ青だよ？　どこか気分でも……」

「何でも……何でもない。平気……」

「そうは言っても……」

秋光の異変に、雅彦もすぐ気がついた。心配そうに顔を曇《くも》らせ、様子を見ようと隣へやってくる。彼は顔色の青い秋光を窺《うかが》い、真剣な目つきで口を開いた。

「──秋光くん」

「……な……何……」

「俺は、君にはみっともないところばかり見せているから、頼りにならないと思われても仕方がない。ちゃんと挽回《ばんかい》していくつもりだけど、今はまだまだ足りないと思う」

一旦言葉を切って息をつき、改めて先を続ける。

「それでも、君がそんな顔をしていたらとても心配になるよ。体調のせいじゃないなら、何が原因なのかな。もしかしたら俺？　俺が、君にそんな顔を……」

「違うよっ」

強い語気で否定し、秋光も彼を見つめ返した。雅彦の眼差しは柔らかく、うっかりその胸にしがみつきたくなる。だが、秋光は必死の思いでそれを押し殺した。飛び込めば許してくれるだろうが、そんな少女のような真似はできなかった。

「あ……あの……」

そのまま目が逸らせなくなり、何か言わねばと焦りだけが募る。答えを探るような雅彦の視線が、震える唇で留まった。

「秋光くん……」

穏やかだった瞳は、いつしか微熱を帯びて潤み始めている。再び目線が交わった瞬間、秋光は強く抱き寄せられ、嚙みつくように口づけられていた。

「んぅ……っ」

情熱的に貪《むさぼ》られ、互いの吐息が混じり合う。浅く深く、幾度も角度を変えて奪われた唇は、痛いほど敏感になっていた。鳥のように啄《ついば》まれ、散らされる快感から逃れようとしても、雅彦の手がしっかりと頰を包んでそれを許さない。

「う……く……」

歯列を割って侵入する舌が、怯《おび》える秋光をすぐに捕らえた。大胆に、繊細に、愛撫が淫らな欲望を煽ると、熱くなる身体とは裏腹に心が小さな悲鳴を上げる。優しくされればされるほど、離れたくないと本音が溢れてしまいそうになる。

天井がゆっくりと回転し、秋光はいつしかソファの上に押し倒されていた。慎重に雅彦の身体が圧《お》し掛《か》かり、僅《わず》かに開いた唇に指先がそっと差し込まれる。半ば朦朧《もうろう》とその爪《つめ》を甘噛みすると、うっとりと微笑む気配がした。

「は……ぁ……」

足元から、じわりと熱が這い上がる。頭の片隅でひっきりなしに警鐘が鳴っていたが、雅彦の誘惑に抗うのは難しかった。どこでスイッチが入ったんだろう、とボンヤリ考えながら、このまま流されてしまうのかと目を閉じかける。それを了承と取ったのか、雅彦は一度身体を起こすと、手早く上着を床に脱ぎ捨てた。

ポケットから何かが転がり落ち、視界の端でポツンと止まる。

何だろう、と不思議に思い、秋光は目を開けてそちらを見た。

「え……」

それは、銀色に光る指輪だった。

まるで己の存在を主張するかのように、ダイヤの煌《きら》めきが眩しく映る。

婚約指輪だ――いっきに冷えていく情熱の中で、呆然と秋光はそれを見つめた。

「ご、ごめん、高林さん。俺……」

「秋光くん……?」

不意に態度が急変したので、雅彦は面食らっている。指輪が落ちたことに、気づいていないのだ。けれど説明するのも悲しくて、ただこの場から逃げ出したいと秋光はもがいた。

「あの、本当に今日は……高林さん……？」

「……俺を雅彦と呼ぶ気は、もうない？」

「………」

どういう意味、と訊き返したら、理想の返事が貰えたのだろうか。

愛撫を拒んで起き上がった秋光に、雅彦の淋しそうな微笑が向けられる。だが、すぐ近くで光る婚約指輪が、どうしても秋光を頑《かたく》なにさせた。

「俺……」

砕けた恋の欠片が、雅彦の孤独につけ込んだ自分を浅ましいと責めている。

そんな思いに捕らわれて、秋光は激しく混乱した。

どうして、また雅彦と寝ようなんて思ったのだろう。このままズルズルと関係を続けたら、慰めるなんて綺麗事では済まなくなる。きっと雅彦を独占したくなって、愛してほしいとせがんでしまう。

「俺は……だって……」

秋光は、ひたすら途方に暮れた。

言葉にできない分、想いは加速をつけて膨らんでいく。どうしてこんなところで指輪が出てくるんだよ。まるで「現実を見ろ」とでも言わんばかりじゃないか。そんな文句が次々に

溢れ出しそうになり、余計に唇を閉ざさなくてはならなかった。

大体、終わったはずの恋なのに、雅彦は何故いつまでも指輪を持っているのだろう。

ふと疑問が浮かんだが、そういえば、と彼の話を思い出す。

美貴子と佐々木と三人で会ったのは、昨夜だと言っていた。その時、もしかして雅彦は指輪を持参していたのだろうか。結婚を白紙に戻した佐々木から「ヨリを戻せ」と言われて、彼は本当に迷いはしなかったのか。

じゃあ美貴子さんと会うために、指輪を……？

まさか、とすぐ打ち消してみた。いくら何でも、そこまで早く切り替えができるとは思えない。それに、雅彦は物腰こそ柔らかいが本人も認める通りなかなかプライドが高い。

それなら、どうして後生大事に指輪を持ち歩いているんだよ。

心のどこかで、反論の声がした。もう、秋光には何が正解なのかまったくわからない。唯一はっきりしていることは、今すぐ帰りたいということだけだ。

「俺……帰る……」

「秋光くん……？」

明らかに様子の変わった秋光に、雅彦はひたすら戸惑っている。無視して乱れた着衣を直し始めたら、「待ってくれ」と肩を摑まれそうになった。

「触るなよっ！」

大きく身を捩《よじ》って拒絶すると、彼の表情がサッと青ざめる。だが、大声で叫んだことで箍が外れた秋光は、尚も止まらず喚《わめ》き散《ち》らした。

「俺……俺は、高林さんの何なんだよっ。呼べばいつでも喜んでくる、ペットか何かだと思ってるんだろうっ」

「そんな……そんなわけないじゃないか」

さすがにムッとしたのか、少々語気を強めて言い返される。けれど、秋光は聞く耳を持たなかった。それまでの鬱屈が堰《せき》を切って流れ出し、自分でも抑えることができなくなる。

「高林さん、何で俺にこんなことすんの」

「何で……って、それは……」

「俺、男なんだよ。それはわかってるよね？　でも、俺が嫌がらないからキスとかするの？　それ以上のことも、いっそ女の子より気を遣わないとか思ってる？」

「バカなこと言うな！」

今度は、はっきりと怒鳴られた。何だよ、と秋光が睨み返すと、彼は弱り果てたように深く溜め息をつく。こんな風に険悪な空気になったのは、初めてのことだった。

「秋光くん、一体どうしたんだ？　君がそんなことを言い出すからには、ちゃんと理由があるんだろう？　良かったら、それを聞かせてくれないかな」

「別に……思っていることを、そのまま言っただけだよ」

「本当に？　俺が、君のことを〝女の子より気を遣わない〟から抱いているって、そういう風に思っていたの？　……この間の夜から、ずっと？」

「………」

だって、と喉元まで泣き言がこみ上げる。

だって、しょうがないじゃないか。俺には、あんたの気持ちがわからないんだから。

「秋光くん、冷静に聞いてくれないか？　あのね、俺は……」

「どうして……」

「え？」

「どうして、別れた恋人の話をした直後に俺のこと抱こうとするんだよ。卑怯だよ！」

「ひ、卑怯……？」

「そのせいで、俺は何も言えなくなる。あんたが欲しいって、言っちゃいけない気分になるんだ。それが……辛いんだ……」

「秋光くん……」

予想通り、雅彦は言葉を失っていた。

いつも明るく気持ちを引き立ててきた秋光が、笑顔の裏でこんな風に思い詰めていたなんて想像もしていなかったのだろう。それは決して彼のせいではなく、意地でも気づかせなかった秋光自身が招いた結果だが、それも今日で全部お終《しま》いだ。

「なぁ、あそこで光ってるの指輪だろ?」

床に転がった婚約指輪を、見ないようにして指差してやる。

「いいのかよ、あんなところに放ったらかしにして。あの指輪の前で俺を抱いても、あんたは胸が痛んだりしないのかよ?」

「あれは……」

「俺は嫌だ。そんなの、絶対に嫌だ……」

情けないことに、言っている間に涙が滲んできた。秋光は慌てて手の甲で拭い、それでも溢れてくるのに閉口する。雅彦は蒼白《そうはく》な顔になり、ただ唖然と指輪を見つめていた。

やっぱり、気がついてなかったんだ。

いつかの雅彦の言葉が、ふっと脳裏に蘇る。彼は自嘲気味に笑い、投げやりな響きでこう言ったのだ。

俺は、恋のためには泣かない——と。

あの時は、少し強がっているのだと思っていた。けれど、指輪を自分の身に置き換えてみた瞬間、秋光はたまらなく悲しくなる。まして、自分と彼は恋人でも何でもないのだ。いつか離れる時が来ても、あのダイヤほどの輝きを残すこともできないだろう。

どうするんだよ、と心で叫ぶ。

もう、『友達』になんか戻れないのに。

そこから引き返す道を、自分から捨ててしまったのに。

「……俺、まだまだガキだから」

悔しいが、ポロポロと涙が零れていく。狼狽した雅彦が右手を伸ばしかけ、頬に触れる直前に動きを止めた。涙を拭うよりも大事なことを、秋光が話しているからだ。

「そうなんだ。ガキだから、全部が繋がってる。割り切れないんだよ。俺の心と身体はまとめて一緒の方を見ているから、それが崩れるとどうしていいかわかんなくなる」

「それって……」

雅彦がハッと表情を変え、食い入るようにこちらを見る。顔に僅かな赤みが差し、彼はしばらく言い澱《よど》んでから思い切ったように切り出した。

「それって……心と身体が一緒の方にって……」

「さよなら！」

強引に遮って、秋光は立ち上がる。どんな否定も役に立たないほど、顔が真っ赤なのが自分でもわかった。一秒も居たたまれなくなり、後ろも振り返らず玄関まで突っ走る。呼び止める雅彦を無視して廊下に飛び出すと、閉まる寸前のエレベーターが目に飛び込んだ。

「待って！　乗ります！　乗りますから！」

すでに乗り込んでいる住人に声をかけ、滑り込みで入れてもらう。再び閉じ始めたドアの向こうで、呆然と立ち尽くしている雅彦が見えた。

ああ、追いかけてきてくれたのか。

嬉しかった。こんな時なのに、やっぱり好きだ、と思った。

でも、今は一刻も早く彼から遠ざかりたい。

「あの……大丈夫ですか……?」

乗り合わせた年配の女性が、恐る恐る話しかけてきた。確かに、学生が泣き腫《は》らした目をして逃げるように部屋から出てきたら、誰だってすわ事件かと思うに違いない。

秋光はそっと顔を背けると、無言で首を横に振った。できれば、放っておいてほしかった。必死な思いで堪えた涙は、全部心に溜まっていくような気がした。

一階に到着するより先に、携帯電話が鳴り始める。取り出した秋光は、着信相手を確認することもせず電源をオフにした。たとえ雅彦からであっても、しばらくは連絡を取りたくない。彼と知り合ってから、「会いたくない」とはっきり思ったのはこれが初めてだった。


どうも、昨日から身体がだるい。

午前中に二件の打ち合わせを終えて帰社した雅彦は、部署へ戻る前にロビーのソファで一休みすることにした。ここは陽当《ひあ》たりが最高だし、空調が効いているので真夏でも日差しを心地《ここち》好く楽しむことができる。それに、自分のアイディアで天井の硝子《ガラス》には紫外線防止の処置がされているため、女性社員にも好評なのが自慢の種だった。

まずいな、熱が出てきたかも……。

自販機で購入した水すら飲む気になれず、眉間に皺を寄せて目を閉じる。体調の悪さは、睡眠不足も大きく影響しているだろう。何しろ、ここ数日は夜もろくに眠れない。

『さよなら！』

もう何十回反芻《はんすう》したかわからない、秋光の声が脳裏に響く。その後は、ああすれば良かった、こう言えば良かったと愚にもつかない後悔ばかりが押し寄せ、悶々と眠れなくなってしまうのだ。けれど、もし時間が巻き戻ったとしても上手くやれる自信はなかった。

愛想、尽かされちゃったかな。

何度連絡を入れても、秋光の携帯電話には繋がらない。メールも電話も全滅だ。残る手段は自宅電話だが、向こうがあからさまに拒否を示しているのにそこまでするのは、却《かえ》って追い詰めることにならないかと踏ん切りがつかなかった。

「よう、高林。こんなとこでサボりか？」

「佐々木……」

相変わらず陽気な友人が、快活にこちらへ近づいてくる。そうだ、二十分後には彼も交えて新プロジェクトの準備会議だったと、雅彦は無理やり姿勢を正した。

「どうした、顔色悪いぞ。熱があるんじゃないか？　それとも熱中症か？」

「まさか。おまえみたいに、外回りしているわけじゃなし。つか、おまえが元気すぎるんだよ。すっかり日に焼けてスーツ着てなかったらサーファーみたいだぞ」

「お、いいねぇ。大学卒業してから、波乗りなんかしてねぇなぁ」

勧めてもいないのに当然の顔で正面に座り、佐々木は手つかずのペットボトルに目を留める。たかが水に何をそこまで真剣な顔をしているんだ、と不思議に思っていたら、努めてさりげなく「美貴子、会社を辞めるとさ」と呟いた。

「へぇ、そいつは初耳だ。いつ？」

「おまえ、本当にどうでもいいんだなぁ」

何の感動もなく答える雅彦に、気が抜けたように佐々木が笑う。そういう彼も肩の荷が下りた様子で、すぐにいつもの馴《な》れ馴れしい表情に戻った。

「彼女、最後の賭《か》けだったみたいだぞ。深刻な声で俺に電話してきて、〝会社辞めてミラノに留学しようと思うの〟とか言ってきた。俺が慌てて引き止めるか、あわよくば〝外国なんて行くな、結婚しよう！〟とか血迷うのを期待してたんじゃねぇの」

「バカな奴だなぁ……」

「お、珍しいな。別れた女に毒を吐くなんて」

「そうか？」

「高林とくれば、学生時代から揉め事嫌いで通ってたろ。毒を吐かない代わりに執着もしない、優しいけど捕らえどころがないって、女子たちの間で言われてたぞ」

「まぁ……否定はできないな。俺、自分のことしか考えてないくせに、相手を大事にしているとずっと思い込んでいたから。勘違いしていたんだよな、優しさってやつをさ」

もうすぐ二十七にもなろうという男が、今更何を言っているんだろう。心のどこかでそう思いながらも、そんな自分は嫌いじゃない、と雅彦は思った。

多分、秋光くんの影響だ。

彼を想うだけで、雅彦の気持ちは水のように澄んでいく。

真っ直ぐでひたむきで、偽りのない言葉を好む、あの子のお蔭で変わることができた。

「おい、高林。おまえ、本当に大丈夫なのか？　さっきは死にそうだったのに、いきなり一人でニヤニヤするな。気味が悪いじゃないか」

「はは、ごめん、ごめん。で、佐々木は美貴子に何て返事をしたんだ？」

「へ？　そりゃあ〝元気で行ってこい〟だろ？」

「………」

「あいつは絶句してたけど、他に何も言うことないし。大体、俺の人生にはもう関係ない女だからさ。どこへ行って何をして暮らそうと、どうでもいい」

「ははは」

同感だ、と雅彦が笑い出すと、佐々木も得意げに「だろ？　だろ？」と笑った。彼女には二人揃って振り回されたが、今になってみればむしろ感謝したい。もし美貴子が婚約破棄を言い出さなかったら、自分は秋光に会えなかったのだ。あの、稀有《けう》な情熱を秘めた得難い存在を、一生知らずに過ごすところだった。

そんなのは耐えられない、と思う。

秋光を失うくらいなら、恋なんて二度とできなくていい。

「ヤバい……佐々木」

「ん？　どうした？」

「俺、熱が上がってきたかも……」

比喩《ひゆ》でなく、本当に頭がくらくらしてきた。おまけに吐き気までこみ上げてくる。佐々木が慌てて「おまえ、顔が真っ赤だぞ！」と叫ぶのが、何重にもひび割れて聞こえてきた。

追いかけなくちゃ——朦朧とする意識の下で、必死になって考える。

秋光くんを追いかけて、今度は俺があの子を捕まえなくちゃ。

その決心を最後に、雅彦の視界は暗くなっていった。

雅彦が勤めるビルは、ビジネス街の中でもデザインのスマートさでは群を抜いている。久しぶりにエントランスの前に立った秋光は、全景をしみじみと見上げながら「さすがに、高林さんが設計しただけのことはあるよなぁ……」と改めて感心していた。正確には雅彦は設計チームの一員であり彼一人の作品ではないのだが、秋光にはとても誇らしく、同時にただの高校生でしかない我が身を歯がゆく感じるのだ。

「……いるかな」

初めて訪れたのは、夏休みが始まったばかりだった。それが、今ではもう半ばも過ぎ、そろそろ溜まった宿題の心配が頭をよぎる頃となっている。

恋にうつつを抜かしている間に、他にも大事なものがあるのを忘れていた。

秋光は深々と溜め息をつき、どうして自分は一つのことで頭の容量がいっぱいになってしまうんだろう、と恨めしく思った。雅彦が好きだ、と自覚したら、たちまち彼の側面しか見えなくなったのがいい証拠だ。恋人に裏切られ、自分を責め続け、秋光に救いを求めてくる彼には、ひたすら癒《いや》しだけが必要なように思える。でも、雅彦には素晴らしい才能があり、目標を持って現在の仕事に就いたという誇りがあり、夢をこうして具現化する力も持っているのだ。それを考えれば、彼は決して傷ついているだけの人間ではないし、秋光に縋ってくるのも一時的なものに過ぎないことはよくわかる。

だけど、そんな彼に比べて自分はどうだろう。

相変わらずやりたいことは見つからず、恋の入り口でおたおたと戸惑って、大好きな相手の前から逃げ出してしまった。

その結果、こうして一人ぼっちでビルの前に佇《たたず》んでいる。

肝心の雅彦とは、もう十日近く連絡が取れないままだった。

「いたとしても、会ってくれるのかな……」

弱々しい独り言を漏らし、秋光はしょんぼりと肩を落とす。

最初の内は、雅彦からの連絡を拒んでいた。携帯電話は封印し、偶然会いそうな場所は避け、バイトのシフトも彼が絶対来られない平日の日中を中心に組んでもらった。

けれど、そんな頑張りは数日ともたなかった。

秋光も考えたのだ。あの夜、こちらの言い分だけ捲《まく》し立《た》てて、言い訳の一つも聞こうとしなかったこと。指輪を見て狼狽し、子どものような癇癪《かんしゃく》を起こしてしまったが、そもそも未練がましく持ち歩くほどの物を、床に転がしたまま気がつかないというのもおかしな話だ。頭が冷えるに従って、どんどん己の行動が恥ずかしくなり、今度は別の意味で雅彦には会えないと思い詰めるほどだった。

『それって……心と身体が一緒の方にって……もしかして、君は俺のこと……』

あの瞬間、終わったと思った。恋愛感情を抱いているなんて知られたら、雅彦は付き合い方に困るだろう。最後まではしなかったが、未成年を相手に抱き合ったのも秋光の恋心が許した結果だとわかれば、罪悪感は跳ね上がるはずだ。そういう、変なところで生真面目な人なのだ。だから、このまま縁を切る方が互いのためかもしれないと思ってみたりもした。

「そんなの、無理だってわかってるのに」

理屈通りには行動できないからこそ、こんなにも悩んでいるのだ。この先、彼とどうなっていくのか見当もつかないが、恋しさは募るばかりでもう我慢が利かなかった。

だからと言って、会社まで押しかけるのはルール違反かもしれないけど。

最初は、一大決心をして携帯電話の封印を解いたのだ。案の定、山のような着信履歴やメール、留守電が入っていたが、その八割は雅彦からのものだった。ところが、いざ勇気を出して返信したものの返事がない。電話は通じないし、一昨日は思い余ってマンションまで訪ねて行ったが、いくらインターフォンを押しても留守だった。

避けられているのかもしれない——。

そう思い始めたのは、昨日からだった。一度そんな疑いを持ってしまったら、後は悪い想像しかできなくなる。きっと、思っていた以上に雅彦は怒っているのだろう。恋人でもない相手から指輪がどうした、とかわけのわからないイチャモンをつけられたら、誰だってウンザリする。大体、一度寝た相手の部屋に上がるのはOKの意思ありと取られても仕方がないことなのだ。それなのに、まるで無理強《むりじ》いされたとでも言わんばかりに騒いでしまった。

「……いや、本当にOKだったんだよ。全然OKだったんだけど……でもさ……」

秋光は、聞く相手のいない言い訳をくり返す。

どうしても、床に転がった指輪が気にかかった。無視できなかった。なかったように振舞う雅彦に、やたらと腹が立った。だけど……――。

「あんな風に、泣いて大騒ぎをするつもりなんかなかったんだ……」

どうしよう。なかなか、ビルのエントランスをくぐれない。仕事先にまで来るなんて、本当はひどく非常識な振る舞いだ。完全に嫌われる可能性だってある。そう思うと秋光は次の一歩を踏み出せないまま、その場にしゃがみ込みたくなった。

高林さん、と心の中で呼びかけてみる。

どうして、電話をくれないんだよ。

どうして、呼んでも出てきてくれないんだよ。

心の叫びが、今すぐ伝わればいいのにと思う。そうしたら、ここにいることを雅彦が気づいてくれる。公園で秋光が声をかけたように、今度は彼が自分を見つけてくれるのに。

「……なんて。そんな都合のいいこと、あるわけないよな」

こんなところでしゃがみ込んだりしてはダメだ、それこそ雅彦に迷惑がかかる。そう自身を叱咤して、秋光は懸命に踏ん張った。

「しょうがない。覚悟を決めて……行くか」

秋光はキッと顔を上げ、よし、と気合いを入れてビルへ入ろうとした――が。

「あれ？　確か、君は高林が友達だとか言っていた子じゃないか？　そうだろ？」

「はい？」

ポンと背中を軽く叩かれ、ドキッとして振り返る。

明るく笑いかけてくる声の主は、雅彦の友人の佐々木だった。

「ああ、やっぱりそうだ。俺のこと、覚えてるかなぁ？　高林の……」

「覚えてます。佐々木さん、ですよね。どうも、お久しぶりです」

秋光がペコリと頭を下げると、佐々木は「こちらこそ」と親しげに返してくる。それから少しだけ声を落とすと、「もしかして、高林に会いに来たのか？」と訊いてきた。

「そ、そうですけど……」

「やっぱりなぁ。だから、ちゃんと連絡しとけって言ったのに」

「え……？」

「実はね……」

佐々木は渋い表情を作ると、気の毒そうに肩を竦《すく》める。

「あいつ、入院したんだよ。物凄い熱出してたから、以前にもかかった夏風邪にまたやられたのかと思ったんだけど、検査したら軽い胃潰瘍《いかいよう》だったらしいんだ」

「本当ですか？　病院は？」

思いがけない事実に動揺し、顔色を変えて佐々木に詰め寄る。あまりの勢いに向こうも面食らったのか、目をしばしばさせて降参のポーズを取った。

「ええと、ちょっと場所を変えようか。ほら、ここだと出入りする人の邪魔になるしさ。そうだ、ビルの左手に休憩コーナーがあって緑が気持ちいいからそこにしよう」

「でも、佐々木さん、仕事は……」

「おっと、そうだった。ごめん、一本だけ電話入れていいかな？」

待ってて、と言い残し、佐々木は少し離れた場所で電話をかけ始める。どうやら、自分と話すために時間を作ってくれるつもりらしい。高林が言っていた通り、本当にいい人なんだなと有難かった。

「それにしても……入院なんて全然知らなかった……」

だったらマンションにいないはずだと、遅ればせながら納得する。だが、佐々木が「連絡しろ」と言ってくれたにも拘らず音信不通ということは、やっぱり意図的に避けられている可能性は大だ。病気のことも相まってますます不安の募る秋光に、戻ってきた佐々木は屈託なく「行こうか」と言って先に歩き出した。

「あの、本当に良かったんですか。俺、お仕事の邪魔しちゃったんじゃ」

「この近くに来たから、挨拶に立ち寄っただけだよ。気にすんな、時間は関係ないから」

植樹の下のベンチを目指し、彼は意気揚々と返事をする。本音を言えば、こんな悠長なことをするより病院に駆けつけたかったが、病状もはっきりわからない状態で行けば逆に迷惑をかけるかもしれない。そう言い聞かせて、逸《はや》る心を抑え込んだ。

それに、佐々木さんは俺に何か話があるみたいだ。

会って二度目なのに、彼の態度は少し距離感がなさすぎる。本人のキャラクター故か嫌な感じは受けないが、やっぱり目的があると思った方がいい。

「よし、ここらで落ち着くか」

間もなく退社時間のせいか、休んでいる人はあまりいなかった。おまけに植え込みが上手い具合に死角を作っているので、ここなら込み入った話も安心してできそうだ。

「あの……？」

並んでベンチに腰かけた途端、佐々木は秋光の存在を忘れたように暮れ行く空を見つめて黙り込んだ。不意の沈黙は居心地が悪く、彼が何から説明すればいいのか迷っている風にも感じられる。少しでも雅彦の状態を知りたい秋光は、困ったなと溜め息をついた。

「お？　ごめん、ごめん。退屈させちゃったな」

「ち、違うんです。すみません。その、いろいろあって俺も途方に暮れているというか、高林さんが入院とか今知ってびっくりしているし。それで……」

「はは、高林と同じこと言ってんなぁ」

「え？」

「あいつも、病院のベッドで呟いてたよ。〝このタイミングで入院とか、本気で途方に暮れちゃうよ〃だとさ。確かに、からかう気も失《う》せるほどへこんでたな」

「元気……ないんですか……」

思わず尋ねてから、当たり前じゃないかと赤くなる。相手は、胃潰瘍で入院中なのだ。

「あの、俺、お見舞いに行っても大丈夫でしょうか……」

「えーと、うん、それは……ちょっとまずいかな」

「何でですか？　あ、もしかして美貴子さんとか、お見舞いに来てるのかな……」

「へ？　美貴子？　何で、ここであいつの名前が？」

先ほどに続いてまたも口を滑らした一言に、佐々木が本気で目を丸くする。だが、察しがいいのかすぐ得心のいった顔になり、今度は何故だか嬉しそうにほくそ笑んだ。

「ああ、そうか。そういえば、高林が言ってた。君には、事情を全部話しているって。あの男が恋愛のゴタゴタまで打ち明けるなんて、よっぽど君に心を開いてるんだと思ったよ」

「そう……かなぁ……」

「美貴子に遠慮するなんて、君も大概人がいいよ。でも、安心しろ。彼女は見舞いになんか行かないから。あの顔を見たら、高林の胃潰瘍が悪化する」

「佐々木さん……」

秋光の憂いを豪快に笑い飛ばし、彼は改めて口を開いた。

「真面目な話、彼女はもう関係ないよ。それに、婚活に敗れて留学するそうだし」

「えっ！」

まともに驚いた秋光を満足そうに眺め、佐々木は「成程ねぇ」と一人で納得している。何のことかと思ったが、それより美貴子の選択があまりに斜め上で啞然とした。

「俺は、高林とは学生からの付き合いだけど……あいつ外面がいい割には、本当に親しい相手と距離を取るのは下手なんだよな。本質が出るっていうか、意外に不器用っていうか」

「佐々木さん……？」

「だから、あながち美貴子ばかりが悪いわけでもないんだぜ」

「…………」

ああ、そうか。この人が俺を誘ったのは、この話のためか。

そう思った秋光は、しみじみと語る横顔を神妙な思いで見つめた。

「高林の奴、二年近くも付き合っていながら美貴子の誕生日も覚えなかったんだと。婚約指輪だって、誕生石がいいってそれとなくリクエストしていたのに、勝手にダイヤを買ってきちまうし。そんなわけで、プロポーズと一緒に指輪を渡された時、お別れを決心したんだとさ。ただし、だから二股かけていいって理屈は通らないけどな」

「当たり前ですよ。高林さんが、どんなに傷ついたかも知らないで」

「まぁ、高林にとってもいい薬さ。今から思えば、本気で美貴子に惚《ほ》れちゃいなかったんだろうしな。あいつはルックスがいいし仕事もできるから、女子社員からは人気があるんだ。

アプローチしてきた中から、適当に選んだのが彼女だったんだろうな」

さすがに擁護のしようがなく、秋光は嘆息する。実際、雅彦自身から「本当に好きだったかわからない」という旨の発言は聞いていた。

それなのに、指輪に嫉妬するなんて……俺って本当にバカで子どもだ。

自己嫌悪でいっぱいになっていたら、元気づけるように軽く頭を小突かれた。

「そんな顔するなって。高林の奴、しょげてたぞ。俺は、秋光くんに愛想を尽かされたかもしれないって。聞けば、喧嘩《けんか》したんだって？　まったく、高校生相手に何をやっているんだか……と、これは君に失礼だったな。悪い、悪い」

「いえ……高林さん、そんなこと言っていたんですか」

「病気で気が弱くなったんだか知らないけど、けっこういろいろ話してくれたよ。喧嘩は、美貴子に突っ返された婚約指輪が原因だってこととか」

「マジですか……」

穴があったら今すぐ入りたい。一瞬、本気でそう願った。『友達同士の喧嘩』で婚約指輪が原因になる理由なんて、そうはないからだ。さっきの意味深な笑顔と照らし合わせると、もしや佐々木は自分たちがただの友達とは違うことに気づいていたのかもしれない。

あるいは、高林さんが正直に話したとか。

ふと、その可能性が頭をよぎったが、いやいやいやと即座に否定した。第一、どんなに上手く説明をしたところで普通に受け入れられるとは思えない。

秋光があれやこれやと考えている顔を、佐々木は横目でニヤニヤ眺めていた。その表情を見れば彼が「ある程度は理解」しているのは明らかだったが、怖くてそこまでは突っ込めない。ただ、もし雅彦が自ら話したのだとしたら、その意味するところは何だろうと思った。

「一つ、親友として弁明させてもらえるかな」

「はい？」

「婚約指輪の件だよ。あれは、本当にたまたま上着のポケットに入っていたんだ」

「え……」

「君も知っていると思うけど、美貴子を交えて三人で話し合った夜、最後には俺と高林で同時に彼女を振るような形になっちゃってさ。しかも、驚いたことに美貴子は婚約指輪を返していなかったんだよ。がめつく持っていたのか、万一の保険だったのか、そこんとこはもうわかんないけどな。で、男二人から袖《そで》にされて、怒った彼女は高林に指輪を投げつけた」

「…………」

「ドン引きだろ？　さすがの高林も呆れて、帰ろうとした美貴子を捕まえて何て言ったと思う？　〝ここ割り勘だから〟――だぜ。もう爆笑したね」

俄《にわ》かには信じられなかった。あの雅彦が、そんなセリフを吐くなんてよっぽどだ。

「指輪は高林も正直持て余してたんだけど、俺が持って帰れって無理やりポケットへ捻《ね》じ込んだんだ。厄落としに売り飛ばして、それで美味《うま》いメシでも食えって。そのお節介が、仇《あだ》になっちゃったんだな」

「そう……だったんですか……」

「許してやれって。あいつは、そこまで無神経じゃないよ。むしろ、君のことは凄く大事に想っている。話を聞いて、俺はそう感じたけどな」

「……あの」

かあっと頬が熱くなり、秋光は「一体、どこまで知っているんですか」と詰め寄りたい衝動にかられた。大体、彼の話を総合すると、まるで自分と雅彦が両想いのようではないか。

ああ、ダメだ。自惚《うぬぼ》れたくなっちゃうな。

自重しろと心でくり返し、それでも一つわかったことがある、と思う。

雅彦は恋のために泣けないのではなく、彼女のために泣けなかったのだ。だから、たった一ヵ月で指輪など気にも留めない、薄情な振る舞いもできたのだろう。

彼の不幸はそんな自分の冷たさに自覚があって、いちいち自己嫌悪に陥るところだ。自分のことを「嫌な奴」だと言っていたけれど、真実の彼は不器用で、可愛くて、生真面目な人間なだけなのだ。

「それにしても、俺は高林のあんな顔を見るのは初めてだったなぁ」

まだまだ隠し玉があるのか、しみじみと佐々木は呟いた。

「あんな顔……？」

「そう。いわゆる、絶賛初恋進行中の中学生……」

「おまえなぁ、いい加減なことベラベラ話すなよ。誰が中学生だ」

調子に乗りかけたところを、バッサリ冷たい声が断ち切る。

「た、高林さん！」

胃潰瘍で入院しているはずの雅彦が、ひどい仏頂面で立っていた。ただし珍しくスーツ着用ではなく、休日に散歩でもしているようなラフな私服姿だ。

「何でここに？　病院は？」

「くそ、佐々木の奴、やっぱり話しちゃったのか」

「え……？」

苦々しい目つきで友人を睨《にら》みつけ、雅彦はこれみよがしな溜め息をつく。当の佐々木は知らん顔で横を向き、けれど実に楽しそうに笑い続けていた。

「心配かけてごめん、秋光くん。病院は、今日の昼に退院したんだ。この週末は自宅療養にあてて、来週から仕事に復帰する予定」

「そっか、良かった……」

「ただ急な入院だったんで、溜まった仕事が気になって。ちょっとだけ顔を出しにきたら、こいつが〝秋光くんが来ている〟って電話をかけてきたんだよ。けど、会社の近くとしか言

わないもんだから、ここを探すのに手間取った」

「高林、病み上がりなのに頑張るなぁ」

「おまえのせいだろうがっ」

怒られても、大らかな佐々木は動じない。のんびりベンチから立ち上がると、「ほんじゃ、俺は残業チームさんへ差し入れでも持ってくか」と大きく伸びをしながらうそぶいた。

「あ、そうだ。高林」

ふと足を止めて肩越しに振り返り、彼は飄々《ひょうひょう》と口を開く。

「おまえ、その子のこと好きなのか？」

「え……？」

「いや、俺の誤解だったら悪いからさ。一応、確認しとこうと思って」

「佐々木……」

「ちなみに、おまえ愛想尽かされてるかもしんねぇぞ。何つっても、これからって肝心な時に入院して音信不通になるようなへたれだからな」

「――好きだよ」

それがどうした、というように、堂々と雅彦は言い切った。秋光は自分の耳を疑い、彼が些《いささ》かのためらいもなく認めてしまったことに衝撃を受ける。だが、脳が「空耳ではない」と認識する前に体温は急上昇し、胸の動悸は痛いくらいに激しくなっていた。

「俺は、もしこの場で振られたとしても、秋光くんが好きだよ」

「そうか」

短くそれだけ答えると、佐々木は再び背中を向けて歩き出す。その一言を引き出せれば満足とでも言いたげな、やけに余裕を漂わせた後ろ姿だった。

「……さて」

すっかり友人の姿が消えてしまうと、雅彦は改めて秋光に向き直る。懸念した体調はさほど悪くないらしく、その瞳も生気に満ちていた。

「とりあえず、隣に座ってもいいかな?」

「ど……どうぞ……」

空いたスペースをしどろもどろに指すと、にこやかに彼が腰を下ろす。少し前までは、避けられているかもしれないと悲観していた相手だ。こうして並んで座っている状況に、頭はなかなかついていけなかった。

あれ、本気かな。俺のことが好きだって、あの言葉……本当なのかな。

早鐘のような鼓動は治まらず、表情を取り繕うのが精一杯だ。けれど、雅彦は優雅に微笑んでいるだけで、話しかけてはくれなかった。

あ……夕陽……。

気がつけば、空が茜色《あかねいろ》に染まり始めている。夏の夕暮れは物悲しく、それでいてどこか懐かしい思いをかき立てた。見つめている間に少しずつ呼吸が楽になっていき、肩から不要な力が抜けていく。そう、雅彦と過ごす時間は、いつでもこんな風だった。悲しくて、懐かしくて、いつまでも心を委ねてたゆたっていたくなる。

「心配かけて……ごめん」

先に口を開いたのは、雅彦だった。

「それから、いろいろありがとう。今日、会社まで来てくれたことも含めて」

「迷惑じゃなかった？」

「全然。実を言うと、これから秋光くんの家まで行こうと思っていたんだ。やっと退院できたから、一刻も早く会いたくて。だから、凄く嬉しいよ。ずっとずっと、会いたかった」

「……俺も」

勇気を出して、頷いてみる。それだけでは足らない気がして、思い切って彼の方を見た。正面から真っ直ぐに、想いの全てを込めて秋光は言った。

「俺も、本当は会いたかった。高林さんを避けてた時だって、忘れたことはなかったよ。でも、あんな風に逃げ出しちゃって、どんな顔で会えばいいのかわからなくて……」

「秋光くん……」

「やっと勇気を出したら、今度は高林さんが連絡つかなくなっちゃうし。入院してるなら、一言教えてくれれば良かったのに。俺、嫌われたのかと思ったんだよ」

「秋光くんを嫌うなんて、そんなことはありえないよ。だって、君は……」

「〝命の恩人〟だから？」

出会った時のやり取りを思い出し、悪戯っぽく言ってみる。雅彦は一瞬面食らったが、すぐに破顔するなり両腕を伸ばしてきた。

「それだけじゃないよ」

そのまま、ふわりと秋光を抱きすくめる。

抱擁は夏の日差しのように熱く、漏れる吐息は夏の風に切なく滲んだ。

「な……何す……」

「大事な人だ。俺にとっては、誰よりも一番」

「…………」

「好きだよ」

耳元に注がれる愛の言葉が、優しく染み込んでくる。

雅彦の腕の中で秋光は小さく震え、脳裏には彼との出会いから今日までの出来事がくるくると浮かんでは消えていった。

「あの、あの……ここ、会社のすぐ近くで……」

「別に構わない。それより、返事を聞かせて」

「返事……」

「俺の恋人になってくれるかどうか、お願いだから聞かせてほしい」

恋人。俺が、この人の恋人。

一言一言を噛み締めるように反芻すると、猛烈な恥ずかしさが襲ってくる。いっぱいいっぱいになった秋光は「何を今更」と口走りそうになって、ハタと思い留《とど》まった。

そうだ、雅彦はまだ何も知らないのだ。

自分がどんなに彼を想い、その言動に一喜一憂してきたか。けれど、思いがけず手に入れた愛しい時間を失いたくない一心で、必死で隠してきたことも。

「あのね、高林さん。俺は……」

思い切って切り出すと、抱き締める腕に力が込められた。緊張しているんだ、と秋光はこそばゆく思い、そんな彼をますます愛おしく感じた。

「ずっと、こうしたかったんだ。高林さんに、触れてほしかった」

「秋光くん……」

「そうでなきゃ、あんなことしないよ。あんなに全部見せない。触らせない」

「…………」

ぎゅっと音がしそうなほど、きつくきつく抱き締められる。息を詰め、雅彦の心音に耳を傾けながら、口の中で小さく「……好きだよ」と言ってみた。

もしかしたら、と秋光は続けて胸で呟く。

自分は、もう少し自惚れてもいいのかもしれない。

ほんの少しだけなら。

あるいは……かなり、たくさん。

「高林さん……？」

あんまり沈黙が長いので、秋光は不安になって声をかけてみた。何とか身じろいで自由を確保し、そっと彼の顔を見上げてみる。上目遣いで窺うと、面白いくらい表情を固まらせた雅彦が視界に入った。

「高林さん、どうか……」

「そうなんだよな」

「え？」

うん、と真剣に頷かれ、何のことかと困惑する。だが、雅彦は構わず深々と溜め息を漏らすと、心底情けない、とでもいうように眉根を寄せた。

「俺は、本当に何てバカだったんだろう。君を自分のものにしたい、と強く思った時、受け入れてもらった嬉しさばかり先行して、きちんと言葉で伝えなかった。真っ先に言わなければいけなかったのに。秋光くんが好きだって、世界で一番大切だって」

「そ……だったの……？」

「君が許してくれる居心地の良さに、いつの間にか錯覚していたんだ。俺たちは互いに想い合っている、何の問題もない恋人同士だと。そんなこと、俺の早呑み込みに過ぎなかったのに。そのことを、君が飛び出していった晩に思い知らされた」

「…………」

じゃあ、と半ば呆然としながら秋光も嘆息する。

あんなに悩まなくても、自分たちはとっくに両想いだったのだ。

「でも、秋光くんを泣かせてしまって俺は決心したんだよ。君に甘えるばかりの関係じゃダメだ、一からちゃんとやり直したいと。その矢先に病気で倒れちゃって、何だかもう己の不甲斐《ふがい》なさにがっくりくる思いだった」

「もしかして、入院の連絡をくれなかったのって……」

「……わかるだろ」

気恥ずかしそうにしかめ面を作り、彼はフイと視線を逸らす。

「君にずっと避けられていた時だったから、尚更〝入院した〟なんて言えなかったんだよ。まるで、同情を引いて仲直りしようとしているみたいで。それでなくても、俺たちの出会いはあんな形だったし」

「高林さん……」

「まだ、秋光くんが許してくれたかどうかもわからなかったからね」

だから、と決意を秘めた声音で囁かれた。

退院したら、今度は自分から秋光の愛を乞《こ》おうと決めていた、と。

「さっき、佐々木に宣言した気持ちは本当だよ。もし、もう君が俺に愛想を尽かしていて、嫌われてしまっていたとしても、そんなことは関係ない」

「………」

「秋光くんの優しさに救われて、始まった恋だった。それを否定はしないけど、そのせいで君に何度もしんどい思いをさせてしまった。その分も、俺は君を大切にしたい。秋光くんが必死に受け止めてくれたように、俺も真摯な気持ちで君と向き合いたい。だから、振られても呆れられても、何度でも好きだって言うよ。俺は、君が好きだよ。本当に、心から」

「高林さん……」

どうしよう、幸せすぎて目眩《めまい》がしそうだ。

木漏れ日のように降りかかる「好きだ」という言葉に、今までの惑いや憂いが淡く溶けていく。秋光がひっそりと目を閉じると、唇に微かなキスが贈られた。それは一秒にも満たない軽やかな口づけだったが、何かの誓いのように感じられた。

「この夏、俺は何度も途方に暮れたけど……」

髪をくすぐるような小さな声で、雅彦がしんみりと言う。

「その度に、君が……秋光くんが俺を助けてくれた。だけど、それだけで好きになったわけじゃない。本当の意味で恋に落ちた理由は、他のところにあるんだ」

「え……」

「君は、情けない俺も醜い俺も否定しない。どこまでも優しくあろうとする。その姿勢が健気で、可愛くて、誰より綺麗だと思った。君を抱いた時、感動で胸がとても震えたんだ。自分の中にも、こんな純粋な部分があったんだって嬉しかった。だから、そんな君に相応《ふさわ》しい男になるように頑張るよ」

「俺……」

感動で胸が詰まりながら、秋光はつっかえつっかえ口を動かした。

「俺は、まだ自分の将来も決められない学生だよ？　自分に何ができて、何者になりたいのかもわからない。それなのに、誰かに相応しいとか相応しくないとか言われるような、そんな立派な人間なんかじゃないよ」

「気がつかないの？　君は、もう自分の成りたい人間に近づきつつあるんだよ？」

「え？」

「他人を許す心、受け入れようと努力する素直な気持ち。それらを、秋光くんは確実に育てつつある。俺は、それを知っているよ。そうして、手助けしていきたいと思っている」

「俺……が……？」

「君は、どんな将来でも摑み取れる大きな人間になれるよ。だからこそ、俺も言っているんじゃないか。相応しくあるよう頑張らなくちゃって」

「………」

秋光は、一生懸命に考えた。

一体、どんな言葉を使ったら今の気持ちを言い表せるんだろう。必死であれこれ考えて、結局は雅彦が褒めてくれた自分の美点を生かすことにした。

「高林さん……俺も、あなたが好きだよ」

素直な気持ち。

きっと、この恋には一番必要なもの。

「俺、恋人……になれるかな。なれるよね？」

「秋光くん……」

「ずっと、大好きだったよ。ううん、これからはもっと好きになると思うよ。一つだけ、高林さんが俺の望みを叶えてくれるなら」

「望み？」

何だろう、と訝《いぶか》しむ雅彦の耳元へ、秋光は笑いを噛み殺して唇を寄せる。

そうして、ありったけの想いを込めて囁いた。

「今晩、雅彦って呼んでもいい？」

「え……」

「いいよね？」

しばしの沈黙。

やがて、彼は照れたように表情を崩し、今までで一番の笑顔を見せてくれた。

「——もちろん。それなら、俺は君が望むだけ答えるよ。君が呼んでくれた分、君が好きだとくり返す。何十回でも、何百回でもね」

雅彦の顔が、今度こそ夕焼けよりも赤く染まる。

秋光は自分からその背中に両手を回すと、彼と同じ色に自分を近づけた。

そして、蜜月の秋がくる

君は王様だよ、と高林《たかばやし》さんは言った。

だから、何でも我儘《わがまま》を言っていいんだからね、と。

「……その結果が、チキンライス」

「な、何だよ。別に、遠藤《えんどう》が文句言う筋合いじゃないだろ。好きなんだよ、チキンライス」

「はぁ？　藤原、おまえはお子ちゃまか！　それとも、わざと狙《ねら》ってんのか？　十七歳の男が〝何でもご馳走《ちそう》してあげる〟って言われて、なんでチキンライスなんだよ」

「うるさいなぁ」

思い切り呆《あき》れ顔でねめつけられ、藤原秋光《ふじわらあきみつ》は憮然《ぶぜん》とする。説明しても無駄だろうが、チキンライスというのは遠藤が想像しているような「ケチャップで味付けして、お山の上に旗を立てているご飯」のことでは断じてないのだ。れっきとしたアジア料理で、鶏肉と米を一緒に炊き上げてタレで食べるもので『カオマンガイ』という名前もある。

「高林さんは、おまえみたいな無知じゃないからな。ちゃーんと、〝タイ風でいい？〟って訊《き》いてきたんだぞ。作り方もそう複雑じゃないし、リクエストとしては悪くないだろ」

「そりゃ、アジアンレストランの設計とかした人だしな。普通の男よか詳しいんじゃね？」

「…………」

下手《へた》にあれこれ自慢したせいで、一度も会わせていないのに遠藤の情報量は相当だ。さすがに恋人として付き合い始めたとは言えないが、たまに薄々感づいてるんじゃないかと思うような言動も見受けられた。しかし、その割に相変わらず言葉は無遠慮だ。

「高林さんは年上なんだからさ、もうちょっとリスペクトしてくれたって……」

「リスペクト？　真昼間の公園で泣いているような男を？」

「……もう、それを言うなってば」

痛いところを突かれて、秋光はヤブへビとばかりに小さくなる。出会いとしてはインパクト大だが、へたれなイメージは確かに免れないだろう。

ああ、でもあれから、いろんなことが変わったんだよなぁ。

二学期を迎えた今、振り返ってみれば今年の夏が自分の岐路《きろ》になった気がする。

初めて、本気で人を好きになった。

年齢や環境や性別、様々な要素が「諦《あきら》めろ」と自分に警告するような相手だったが、それでも惹《ひ》かれる想いは止められなかった。まさか雅彦《まさひこ》が同じ気持ちになってくれるなんて、両想いになってからも容易には信じられなかったが、そんな秋光の不安を取り除こうと彼は何かと気にかけてくれる。

それで、一回取りやめになった『王様の日』が復活したわけだけど。

そこまで回想してふぅと溜《た》め息《いき》をついた時、昼休み終了のチャイムが鳴り出した。今日は金曜日で、あと二つ授業を受ければ雅彦に会える。前回は彼の会社で待ち合わせしたが、出先の打ち合わせの後は直帰の予定なので、校門まで迎えに来ると言っていた。

「いよいよ噂《うわさ》のリーマンに会えるわけだ。楽しみすぎて弁当の味、覚えてないわ」

自分の席へ戻る際、遠藤はわくわくした様子で言い残す。そう、雅彦が学校に来るということは必然的に彼らも顔を合わせるということなのだ。

遠藤の奴、変なことしなきゃいいけど……。

せっかく仕切り直したのだから、今度こそ甘い空気を満喫したい。何といっても、自分と雅彦はまだまだ蜜月《みつげつ》の真っ最中だ。間もなく彼は大きなプロジェクトの一員として今まで以上に多忙になるし、秋光も学校行事が目白押しの季節となる。だから、その前にできるだけたくさん仲良くしておきたかった。

本鈴が鳴り、携帯電話の電源を切ろうとモニターを見る。いつの間にかメールが一件届いており、慌てて開くと雅彦からだった。

『鶏肉、ネットで注文したら間違えて一羽まるごと来ちゃったよ。食べ切れるかな？』

読むなり、思わず噴き出した。まったく、こっちがアレコレ気を揉《も》んでいる時に、何て呑《のん》気《き》な人なんだろう。これで仕事がデキるとか、本当は詐欺師なんじゃないだろうか。

『へーキ。俺、いっぱい食うから。あと、冷凍もできるでしょ？』

返信を打ったら、送信と同時に教師が入ってきた。秋光は仕方なく電源を切り、急いで鞄に放り込む。恐らく、雅彦はあまり料理が得意ではない気がした。彼の友人の佐々木吉行《ささききよしゆき》曰《いわ》く、彼は女性によくモテていたそうだから。

絶対、歴代のカノジョから料理上手アピールされてたクチだよな。

想像するだけで面白くなかったが、考えてみればそんな男が自分のためには料理をしようとしてくれているのだ。それは、純粋に嬉《うれ》しいと思った。

「早く放課後にならないかなぁ」

「何だ？　藤原、何か言ったか？」

無意識に口から出た独り言に、早速教師からのチェックが入る。何でもありません、と赤くなって答える秋光の斜め前方で、遠藤が「ばーか」と声に出さずに笑いかけてきた。

遠藤と連なって校門から出るなり、秋光くん、と弾んだ声が耳に入る。しかし、見回しても周囲にそれらしい人影は見当たらず、どこから……と首を捻《ひね》った時だった。

「おい、藤原。あれあれ。向かい側の路肩に停《と》まってる、シルバーのセダン」

「え？」

ツンツンと遠藤に脇《わき》を肘《ひじ》でつつかれ、言われた方向へ視線を移す。右側ハンドルの車窓から、雅彦が「ようやく気がついた」というように右手を挙げて振ってきた。

「へぇ～、車でお迎えだってよ。おまえ、ヤバくない？」

「な、何が」

「あれ、T社が宣伝している一番新しいモデルだろ。何でオトモダチの男子高校生を迎えに来るのに、わざわざ気合い入れてるわけ？　しかも、満面の笑み！　めっちゃ嬉しそう！」

冷やかすというよりは、遠藤もやや舞い上がっているような口調だ。だが、秋光が返事をしないのでどうしたのかと横目を流し、すぐに呆れた声になった。

「おい、藤原までニヤけんなよ。何、目ぇキラキラさせてんだよ」

「そ、そんなことないだろ。ちょっと、予想外でびっくりしてるだけだよ。高林さんが車を運転しているところ、見たの初めてだし。免許持ってるのも知らなかった」

「へぇ？　ま、様になってるんじゃね？　ふぅん、あれが例のリーマンか」

「失礼なこと、本人に言うなよ」

興味津々で呟《つぶ》く彼に釘《くぎ》を刺し、車が途切れるのを待って車道を渡る。ところが、二人が車体に近づく前に助手席のドアが開いて意外な人物が顔を出してきた。

「さ、佐々木さんっ？」

「よう、藤原くん。久しぶり」

にこやかに挨拶《あいさつ》をする精悍《せいかん》な笑顔は、そこだけまだ夏を留《とど》めているようだ。相変わらず元気な人だなぁ、と感心しながら頭を下げると、遠藤が小声で「誰?」と囁《ささや》いてきた。奇《く》しくも互いに友人を連れての対面になり、秋光は戸惑いつつ双方を紹介する。

「そうか、藤原くんの親友ね。よろしく、俺は佐々木吉行です。今日はこいつのチームと打ち合わせがあったんだけど、その後で藤原くんに会うっていうから付いてきちゃったよ」

「あ、どうも。遠藤忍《しのぶ》です。俺は、藤原が『王様の日』だって浮かれてるんで……」

「『王様の日』? 何それ?」

「遠藤ッ! 余計なこと言うなってばッ!」

焦って会話を止めたが、気になって視線を滑らせると雅彦が苦笑しているのが見えた。遠藤、コロス! と心で呪《のろ》っていると、気を利かせた佐々木が「乗る?」と促してくる。どうやら助手席を譲るために、車から降りてくれたらしい。

「え……でも」

「俺は、最寄りの駅まで送ってくれればいいし。なんなら、遠藤くんも一緒に」

「いいんですか?」

「ちょ、おい!」

「俺なら構わないよ。佐々木、ドア開けてあげて」

何で遠藤まで、とこちらの狼狽《ろうばい》をよそに、雅彦は屈託なく皆を乗せてしまう。まさか置き去りにするわけにはいかないので当然の流れではあるが、秋光の胸中は複雑だった。こんな狭い空間に初対面同士が勢揃《せいぞろ》いするなんて初めてのことだったし、全員と顔見知りなのは自分だけなのだ。

何か……プレッシャーが……。

せっかく「車でお迎え」なんてデート仕様で来てくれたのに、思わぬ展開に唖然《あぜん》とする。秋光の気持ちを知ってか知らずか、後部座席では佐々木と遠藤が早くも打ち解けあい、雑談に花を咲かせているのがまた微妙な気分だった。

「じゃあ、何とか無事にチキンライスも完成したところで……乾杯！」

「——ちょっと待て」

意気揚々とビールのグラスを掲げる佐々木に、合点のいかない顔で雅彦がストップをかける。ガラスのテーブルには中央に炊き立てのカオマンガイ、副菜として秋光の作った海老《えび》と野菜の入った春雨《はるさめ》サラダが彩りよく並べられていた。料理は完璧《かんぺき》、盛りつけもそこそこ、一見何の問題もないように見える。だが——現状はそうお気楽なものではなかった。

「あのな、佐々木。何度も言ってるが、どうしておまえがここにいるんだよ」

「まぁまぁ、固いこと言うなって。なぁ、遠藤くん？」

「いやぁ、何かすみません。俺までご馳走になっちゃって」

佐々木の隣では、遠藤がウーロン茶のグラスを右手に笑っている。そこにも、秋光はツッコみたかった。招いてもいないのに、どうして彼らがここにいるんだよ、と。

事の発端は、車中で雅彦が漏らした一言だった。秋光にもメールで報告していた、鶏一羽をまるまる買ってしまった、というやつだ。昨日届いたらしいのだが、基本は自宅で料理をしないため困っているという。

『秋光くんが〝頑張って食べる〟って言ってくれてるけど、全部は無理だと思うんだよ。冷凍したところで、次にいつ食べるかわからないし。せいぜい三ヵ月くらいだろ、賞味期限』

『ああ、おまえこれから忙しくなるもんな。家には寝に帰るだけになるだろうからなぁ』

そんなに大きいのか、と訊いてみたら、軽く四人前くらいはあるという。しかも、ここにジャスミンライスがつくのでボリュームは相当だ。

『じゃあさ』

何の屈託もなく、佐々木が提案した。

『俺と遠藤くんもご相伴に預かるよ。ちょうど四人分、一度に片付くじゃないか』

『え、ちょ、それは……』

『やったー！　俺までいいんですか、高林さん。ありがとうございます！』

やったー、じゃないだろ。何、考えてんだ、遠藤！

冗談じゃないと間髪《かんはつ》容《い》れずに反対しようとしたが、寸前で危うく口を閉じる。遠藤だけなら邪険にもできるが、言い出したのは佐々木の方だった。彼は仮にも目上だし雅彦の親友だし、何より雅彦と揉めた時に力になってもらった恩がある。

言えない。自分の立場から「来ないでくれ」とは、口が裂けても言えない。

こうなると頼みの綱は雅彦だったが、彼も断るのは難しいだろう。遠藤は秋光の親友で、この先も何かと協力をお願いするかもしれない相手なのだ。そもそも、無邪気に喜んでいる学生相手に「来るな」と言うのも大人《おとな》げない気がする。

『いや、ちょっと待て。じゃあ、こうしよう。作った料理はお土産《みやげ》に持たせるから、今夜はそれで解散ってことで。その、俺も持ち帰った仕事をしようと思うし……』

それでも、雅彦は頑張った。いかにも苦しい言い訳だったが、何とか秋光と二人きりの時間を確保しようとしてくれたのだ。惚《ほ》れ直しそうだ、と秋光は感激したが、佐々木も遠藤も一度はそれで納得したものの、どうも素直に引き下がるとは思えない。

それで、どうなったかっていうと……。

案の定、佐々木と遠藤は帰らなかった。

大人数用の炊飯器を佐々木が自宅に取りに帰って提供したこともあり、料理が出来上がった頃にはすっかり居座って帰る気配もない。さすがに雅彦は渋い顔で彼にだけは抗議したのだが、暖簾《のれん》に腕押しでまるきり聞き入れてはもらえなかった。

まぁ、こうなるような予感はあったもんなぁ。

なるべく笑顔が引《ひ》き攣《つ》らないよう、秋光は雅彦と佐々木のやり取りを聞いていた。だが、こうなった以上『王様の日』はホームパーティに変更するしかない。今更「帰れ」とは言えない空気だし、今夜はもうダメだな、と諦めることにした。気持ちさえ切り替えれば、佐々木も遠藤も一緒にいて楽しい相手だから、それはそれで良いかと思う。

せっかく、高林さんが慣れない料理を頑張ってくれたんだ。気持ちよく食べなきゃ、勿体《もったい》ないよな。別に、これきりチャンスがないわけじゃないし。

健気《けなげ》な秋光の決心も知らず、遠藤は「美味《うま》いっす！　チキンライス、見直した！」とガツガツ料理をたいらげてご満悦だ。佐々木もビールをぐいぐい呷《あお》り、一方で熱心に箸《はし》を動かしている。雅彦が弱り切った顔でこちらを見るので、秋光はそれだけでもう笑ってしまった。

「俺たちも食べようよ、高林さん」

「秋光くん……でも……」

「早くしないと、全部食べられちゃうし。俺、凄《すご》く楽しみにしていたんだ。高林さんの作ってくれるご飯。思っていたより手際良かったし、本当に何でもできるんだね」

「……ありがとう」

やっと気分が浮上したのか、雅彦も照れ臭そうに微笑《ほほえ》んだ。結局、二人きりであろうとなかろうと、お互いがいれば幸せを感じることはできる。それだけは確かな事実だ。

「よーし、じゃあ食べるか。秋光くんの春雨サラダ、凄く美味そうだ」

「俺も、ネットでレシピ見ながらだけどね」

「じゃあ、お互い様だ」

目を合わせて笑い合い、どんどん減っていく料理に張り切って箸を伸ばす。その後は夜が更けるまで、四人でさんざん飲み食いして盛り上がったのだった。


街灯が照らすアスファルトを、遠藤はてくてくと歩いている。雅彦のマンションから最寄りの駅までは徒歩で十分ほどなので、車を出すと言うのを断わって歩いているのだ。

「いや〜、満腹満腹。久々に、あんな食ったなぁ。高林の奴、気合い入れてただけあって、ちゃんとそれなりの味になってたよ。あいつ、昔からそこそこ何でもこなすんだよなぁ」

隣で大らかな声を出しているのは、「だったら、俺も帰るから一緒に出よう」と言った佐々木だ。本当は駅までの道案内と、一人では物騒なので送ってくれるのが目的なのだろう。雅彦とは彼は体育会系で裏表がなく、話していると年齢差を感じない気安さを持っている。雅彦とはずいぶん対照的なキャラクターだな、と思った。

「高林さんって、そんな優秀なんすか？」

「ん？」

「あ、いや、お友達なのに失礼な言い方してすいません。俺、藤原からずっと話を聞いていたんで、どうもイメージが限定されちゃってて」

「イメージって言うと、ひょっとして夏頃かな。だったら、仕方ないよ。あいつ、人生初の挫折《ざせつ》を味わってたからなぁ。ま、それは俺も同じじっちゃそうなんだけど」

「あ……」

そうか、と遠藤は己の失言に気まずくなった。以前に秋光が話してくれた内容によると、彼らは同じ女性に二股をかけられていたらしい。秋光もあまり詳しくは言わなかったが、あんまり雅彦のことを「へたれ」とからかったので、それなりの事情があったんだと弁明のつもりで教えてくれたのだ。

「何か……すいません」

「気にするなって。俺は綺麗《きれい》さっぱり吹っ切ってるし、高林はご覧の通りに幸せそうだ」

「あの、じゃあ、佐々木さんは……やっぱり知っていいるんですか」

「知ってる……ねぇ……」

思い切って踏み込んでみたら、しばし沈黙が訪れた。

あ、この感じは知ってるんだな。

遠藤は胸で呟き、同時に何とも言えない感慨に捕らわれる。秋光から打ち明けられたわけではないが、多分、雅彦とは『友達』なんかではないのだろう。最初はともかく、今はもっと違う関係になっていると思う。それを確かめたくて無理やり食事の場に割り込んでみたけれど、佐々木が知っているということは――雅彦の方も本気なのだ。

だって振られて泣くほど好きな女がいたのに、根っからゲイだったってことはないだろ。そんな人が同性の高校生と付き合ってるなんて、普通なら何が何でも隠したいはずだよな。

でも、雅彦はそうしなかった。少なくとも、親友にはちゃんと話している。すなわち、秋光との交際にはそれなりの覚悟をしているという証だ。

「ちぇっ、俺だけハブかよ」

思わずそんな呟きを漏らすと、佐々木がこちらへ向き直ってニヤリと笑んだ。

「ふぅん、遠藤くんは自力で気づいたのか。さすが親友だな」

「いや、藤原はあれでけっこう無防備なんで。感情が顔にすぐ出るし、高林さんと知り合った頃なんて口を開けばあの人の話しかしなかったっすよ」

「ほほぅ」

「何か、まとまる前にいろいろあったみたいだけど……今は落ち着いたみたいで良かった。俺に何も言わないのが気に食わないんで、こっちも知らん顔してますけどね。で、たまに苛《いじ》めてみたりとか。今夜の晩飯みたいに」

「じゃあ、俺と同じだ」

あっさりと彼は認め、同士よ、というように背中をパンと叩《たた》いた。

「俺も、今夜はちょっと意地悪したんだよな。だって、高林の奴、転んでもただでは起きないじゃないか。美貴子《みきこ》に振られたことで、あんないい子を手に入れて。ま、相手が男ってのは想定外だったが、あれで美少女だった日には俺は暴れるぞ」

「いい子って、藤原のことっすか？」

「そうだよ？　誰かを損得抜きで、真《ま》っ直《す》ぐ好きになれる。簡単なようで、けっこう難しいもんだ。秋光くんは、それをやってのけて高林を振り向かせた。恐らく、今まで同性に興味なんか一瞬も抱《いだ》いたことない男をだぞ？　それが、今じゃあの子にメロメロだもんなぁ」

「今日も、最初はあからさまに迷惑そうだったけど、途中からすっかり二人で世界を作ってましたよね。あ〜あ、藤原は今夜泊まりかぁ。くそ、邪魔なんかするんじゃなかった」

「だな。逆に空《むな》しさが増しただけだったよ」

二人で顔を見合わせ、どちらからともなく苦笑いが零《こぼ》れる。

いつか、と遠藤はひっそり思った。その内、秋光も自分に打ち明けてくれる日がくるだろうか。大切な人は雅彦なんだと、損得抜きで真っ直ぐに大好きな相手なんだと。

「しょうがねぇ。その時まで、知らない振りをしといてやるか」

それくらいの意地悪は、まだ残しておいてもいいだろう。親友にまで秘密にしている、水臭い奴へのこれはちょっとした罰なのだ。その代わり、先々に彼らを訪れるであろう様々な困難の際は、誰より頼れる味方になってやる。

「ま、俺も一人じゃないから心強いし。そうっすよね、佐々木さん？」

「へ？」

「嫌だなぁ、俺たち同士じゃないですか。『厄介《やっかい》なカップルを見守る会』の。ね？」

「何だ、そりゃ」

ぷっと、佐々木が噴き出し、やがて腹を抱えて笑い出した。よく笑う人だなぁ、と感心しながら、遠藤もようやく胸の支《つか》えが取れた気がして表情を緩ませる。

見上げた空には、眩《まぶ》しい月が浮かんでいた。

出会いの夏から季節は移り、蜜月の秋がやってきていた。


それまでの賑《にぎ》やかさが嘘《うそ》のように、室内は穏やかな静寂《せいじゃく》に包まれている。

けれど、改まって二人きりになるとやたら緊張を覚え、こんなはずではなかったと秋光は内心狼狽する。遠藤と佐々木を玄関で見送り、雅彦と並んでリビングに戻ってきた途端、彼の存在を必要以上に意識してしまう自分がいた。

もう、何なんだよ。これじゃ、知り合ったばかりの頃みたいじゃないか。

両想いになってからも、何度かはここに泊まっている。数える程度でしかないが、それなりにゆっくりと段階を踏んで距離を縮めてきたつもりだ。雅彦は「秋光くんに甘えてきた」とよく言うが、本来は甘やかせる方が好きらしく、すっかり心の傷が癒《い》えた現在はむしろこちらが面食らうほど大事に大事に扱ってくれていた。

「思いがけない展開になっちゃったけど、けっこう楽しかったね」

秋光の手伝いを断わって後片付けを終えた雅彦が、キッチンから淹《い》れたてのコーヒーを二つ持ってやってくる。白地に猫がプリントされたマグカップは、秋光のために用意された専用のものだ。ありがとうと受け取りながら、こうして少しずつ自分の陣地が増えていくことに微《かす》かな戸惑いと深い喜びを感じていた。

「あのさ、遠藤がいろいろ図々《ずうずう》しくてごめん。俺、ずっと高林さんの話をしてたから、あいつ興味津々でさ。気分悪くしなかった？　あ、でも本当は凄くいい奴なんだよ」

「それを言うなら、佐々木も同じだって。それに、多分……遠藤くんは、俺を品定めに来ていたんじゃないかと思うんだ。親友に相応《ふさわ》しい男なのかどうかって」

「まさか。俺、あいつに何も言ってないよ？」

意外な言葉に異を唱えても、雅彦は機嫌よく微笑むだけだ。けれど、もしそれが本当なら結果はどうだったんだろう、と気になった。秋光が「自分は泊まっていく」と言った時、特に驚きもせずに「じゃあ、また月曜な」とあっさり返してきたのは『合格』の意味だったのだろうか。いやいや、それより何より一体いつ雅彦との仲がバレていたのだろう。

「いい友達だよな。チキンライスくらいじゃ、足りなかったかもしれないよ」

「高林さん……」

秋光の隣へ腰を下ろし、雅彦が優しく肩を抱き寄せてくる。

「あのな、秋光くん。もしも……もしもだよ？　この先、君が俺との将来や一緒にいることへの不安を感じることがあったら、俺はどんなことをしてでも君を守るから」

「え……？」

「まだ高校生だし、進路もこれからだろう？　いろんな出来事がたくさん起きて、君も俺も変わらないではいられないと思う。それでも、やっぱり俺の手が必要だと思ってくれるならそれだけで頑張れるよ。俺を選んでくれた君の人生に、後悔はさせたくないから」

「それを言うなら、俺だって一緒だよ？」

間近から彼の顔を見上げて、秋光は迷いのない瞳で答えた。

「俺を選んでくれてありがとう、高林さん。俺、高林さんのお蔭《かげ》で知らなかった感情をたくさん覚えた。それは凄く綺麗だったり、汚くて目を背けたいものだったり、本当にびっくりの連続だったけど、絶対に知らなかった頃より自分のことを好きになってると思う」

「………………」

「ずっとね、〝何か足りない〟って感じながら生きてたんだ。頼りない気分だった。高林さんとの出会い方はひどく現実離れしたものだったけど、あの日から俺は地に足をつけられたんだよ。現実を生きながら、夢を見る方法を見つけた。それが今だよ」

そう言って、少し身を乗り出すと自分から思いきって唇を重ねる。

柔らかな感触にしっとりと包まれ、すぐに甘い痺《しび》れが襲ってきた。雅彦の腕が背中に回され、そのまま強く抱き締められる。口づけの主導権はいつの間にか彼に移り、秋光はたちまち巧みな愛撫《あいぶ》に翻弄《ほんろう》された。

「ん……ん……」

初めの頃はすぐ息苦しくなったが、数えきれないキスをくり返した今はだいぶ慣れてきたと思う。それでも悪戯《いたずら》な舌が口腔内《こうこうない》を舐《な》め、淫《みだ》らな動きで煽《あお》り出すと、頭の芯《しん》がぼうっとなって何もわからなくなってきた。

髪をまさぐる雅彦の指が、潤《うる》んだように熱い。

口づけの激しさとは裏腹に、宝物を扱うような仕草がこそばゆかった。

「秋光くん……」

耳元で囁く声は、欲望を含んで上ずっている。誘われるまま頷くと、何を思ったのかいきなり雅彦が秋光の身体を抱え上げた。

「え、うわっ、な、何っ？」

「寝室に移動。ここじゃ、君の身体《からだ》が辛《つら》いことになるだろう?」

「や、それはともかく、その、何で」

「行くよ」

軽々と肩に秋光を担ぎ、彼はおもむろに立ち上がる。グンと視界が高くなり、呆気《あっけ》に取られている間に悠々と寝室へ向かい始めた。お姫様抱《だ》っこされるよりは遥《はる》かにマシだが、それにしても恥ずかしい。こっちだって十代の男なのに、まるきり子ども扱いだ。

部屋の照明はつけずに、ゆっくりとベッドの上に下ろされる。

やっと解放された、と心の底からホッとしていると、すぐに雅彦が圧《お》し掛《か》かってきた。

「た、高林さん」

「ベッドにきたら、〝雅彦〟なんじゃないの。俺、楽しみにしているのに」

「そんな、急に切り替えなんかできないよ」

「そうかな。俺はできるよ……秋光」

不意に呼び捨てにされ、瞬時に体温が上昇する。初々《ういうい》しい反応が嬉しかったのか、耳の付け根から首筋、鎖骨へと唇を這《は》わせながら、雅彦は何度も「秋光」とくり返した。

「ふ……ん……んん……」

目まぐるしい展開についていけず、秋光はただ感じるだけで精一杯だ。服を剝《は》ぎ取られ、胸の先端を指で摘《つま》まれると、もう喘《あえ》ぐことしかできなかった。

「う……だ……め……ッ……」

「ダメじゃない」

「ひぁ……っ」

乳首をキュッと指先で挟まれて、びくりと背中が反り返る。敏感な反応に気を良くし、雅彦は更に大胆に肌を愛撫していった。

尖《とが》らせた舌先で焦《じ》らすように舐め回し、指で弄《いじ》るタイミングできつく吸う。身体のあちこちに快感を埋め込まれ、秋光は身悶《みもだ》えながら幾度も息を呑《の》んだ。

「ん……も……ぉ……」

「感じて……もっと」

「はぁ……あぁ……」

零れる吐息を掬《すく》うように、唇をまた塞《ふさ》がれる。舌が妖《あや》しく絡みつき、弄《もてあそ》ばれる感覚にくらくらと目眩《めまい》が襲ってきた。その間も胸への甘い刺激は続き、固く浮き出た場所を擦《こす》ったり、抓《つね》ったりされるたびに声が溢《あふ》れる。

「んく……まさ……ひ……」

唇の隙間《すきま》から縋《すが》るように呼ぶと、目の端に滲《にじ》んだ涙を舐め取られた。喉《のど》がひくつき、上手《うま》く言葉が紡げない。ただ、与えられる快楽に流されていくばかりだ。

「――雅彦。それだけ言えればいいんだよ」

「まさ……ひこ……」

「そう。秋光に呼ばれると、それだけで俺は幸せだ」

「まさひこ……」

改めて深く口づけを交わし、続きは心の中で何度もくり返す。秋光にとって、その名前は拠《よ》り所《どころ》だった。これから迎える未知の体験も、彼にならば全部任せられる。

その気持ちは、真っ直ぐ雅彦に伝わったのだろう。彼は額《ひたい》にも唇を寄せると、とびきりの甘い声音《こわね》で「大丈夫かな……？」と訊いてきた。

「最後までするとと、君の負担が大きくなる。俺は、別にこれまで通りでもいいんだよ？」

「やだ……」

多くを話すのは恥ずかしいので、それだけを何とか口にする。秋光の身体を気遣って、何度かこうして肌を合わせても彼は積極的に一つになろうとはしなかったのだ。それでも、すぐさま答えが返ってきたことで決意のほどを察したのか、雅彦は薄く笑って「わかった」と頷《うなず》いた。心なしか、その声は感動しているようだった。

少し慣らすよ、と呟き、彼の右手が下りてくる。すでに屹立《きつりつ》する秋光の分身に、いつものように優しく指先が触れてきた。

「あ……ッ」

新たな刺激にびくっと震え、その場所が嫌らしく疼《うず》き始める。羞恥《しゅうち》は一瞬で消え、その手に包まれて愛撫されると、もうわけがわからなくなった。

ああ、と喘いでシーツに顔を埋《う》め、その指が動くたびに身体が跳ねる。先端から零れる蜜が動きを滑《なめ》らかにし、指の腹でそこをぐるりと撫《な》でられると思わず「ふぁ……ッ」と出したこともない声が溢《あふ》れ出た。

「秋光、好きだよ……」

「まさひ……こ……」

何とか答えねばと思うが、思考がちっともまとまらない。昂《たか》ぶる欲望の塊《かたまり》が、今にも弾《はじ》けそうに膨らんでいくばかりだ。張り詰めた分身に絡みつく愛撫が、焦らすように秋光を追い詰めていき、同時に胸を啄《ついば》まれた瞬間、全身が強くわなないた。

「あ……あ……もぉ……」

やめて、と口走るそばから、やめないで、と思う。感情がバラバラで、どれが本心なのか判断すらつかない。ただ雅彦を受け入れるためだけに、ひたすら耐えるしかない。

「ゆっくり、力、抜いて」

溢れる蜜で入り口を湿らせ、雅彦が低く囁いた。一瞬、秋光は息を詰めたが、言われるままに静かに息を吐いていく。次第に身体の芯が緩み、もう充分かという頃に服を脱いだ雅彦が侵入を試みると、濡《ぬ》れた淫猥《いんわい》な音が耳を刺激した。

「あ……う……」

覚悟していたような痛みはなかったが、強烈な違和感は拭《ぬぐ》いようもない。それでも、雅彦が中にいるんだと思うと感動で胸が一杯になった。自然な形ではないかもしれないが、彼と繋《つな》がり、一つになれたのが嬉しかった。

「少し動くよ?」

「はぁ……う……」

慎重に奥まで埋め込まれ、内壁がじんと疼くのがわかる。動かれれば疼痛《とうつう》はあったが、耐えられないようなことはなかった。

「秋光、大丈夫?」

「うん……」

宥《なだ》めるようにこめかみを撫でられ、荒い息の下から小さく答える。だが、雅彦が浅く深く突き始めると、途端に理性は吹っ飛んだ。

「や……っ……ああっ……っ」

熱い楔《くさび》に揺さぶられ、堪《こら》えても堪えても声が溢れてくる。雅彦が再び秋光の下半身へ触れ、自らの動きに合わせて擦り上げると、たちまち欲望が蘇《よみがえ》った。壊れる、と何度も思いながら、身体は次第に貪欲《どんよく》になっていく。最奥を突かれ、内壁を掻《か》き回されて、後はもうめちゃくちゃになるだけだ。

熱い。繋がった部分も、突かれている場所も。自分の中で脈打つ雅彦も、全部が熱い。

汗で湿る背中へ爪《つめ》を立て、無我夢中で縋りつく。彼の乱れる息が耳にかかり、艶《なま》めかしさにぞくぞくとした。互いに限界まで煽り、雅彦の動きが一層激しくなる。

「あ……ああ……あぁああぁッ」

ぐん、と大きく身体を反らし、全身で彼を受け止めた。秋光が達したすぐ後で、雅彦が自身を引き抜いて精を吐き出す。生温かく肌に滴《したた》るそれを、秋光はぐったりと感じていた。

「…………」

嵐は去っても、余韻《よいん》は波のように寄せてくる。しばらくは物も言えず、雅彦が綺麗に後始末をしてくれるのをボンヤリ受け入れるだけだった。いつもは優しいだけの時間が、まるで荒れ狂った海へ放り出されたような疲労を残す。けれど、それは決して嫌なものではなく、むしろずっと求めていた感覚なんだと実感した。

「あの……秋光くん？」

「え……」

「大丈夫？　ずっと何も言わないけど……」

労《いた》わるように髪を撫で、ベッドの端に腰かけた雅彦が顔を近づけてくる。秋光はふと可笑《おか》しくなり、小さく笑って口を開いた。

「もう〝秋光くん〟になってる」

「あ、いや、癖になってて……」

「変わり身が早すぎだよ、高林さん」

言った直後に「あっ」と声を上げ、今度は二人でくすくす笑う。額をくっつけ、それから短いキスをくり返して、秋光は幸福に目を閉じた。

「あのね、高林さん。俺、凄く幸せ」

「……俺もだよ」

雅彦が即答する。

お酒で溶かした角砂糖のように、軽い酩酊《めいてい》を思わせる響きで。

「抱き合って繋がることだけが全てじゃないけど、でも、やっぱり特別なことなんだよな。秋光くんのいろんな顔を見て、いろんな声を聞いて、おかしくなるほど好きだと思った」

指を絡め、彼は瞼《まぶた》に口づけた。

「君は今日を『王様の日』だと言っていたけれど、俺にとって君はいつでも王様だよ。だから、いつだって俺は命令を待っている。愛せ、と言うのなら永遠に。尽くせ、と言うのなら一命を賭《か》けて。それだけのものを、俺はもう君から貰《もら》っている」

「俺が……？」

夢見心地で聞きながら、不思議になって問い返す。

雅彦は爪《つめ》に唇を寄せ、そうだよ、とこそばゆく囁いた。

「愛しているよ、これからもずっと。君が君である限り」

「そんなの、俺の方が先に思ってたよ。高林さんのこと、二回も見つけたんだから」

「…………」

「俺が、お節介な奴で良かったでしょ？　こんないい王様、他にいないよ？」

薄く目を開いて、うそぶいてみる。目の前で、雅彦の瞳《ひとみ》が潤んだような気がした。もし、それが錯覚ではなかったとしても、今度の涙は心配する必要がなさそうだ。

だって、笑ってくれているし。

秋光は心の中で呟くと、またキスしてもらうために目を閉じた。

あとがき

こんにちは、神奈木智です。このたびは『あの夏〜』を読んでいただき、どうもありがとうございました。この作品の原型はずいぶん昔に雑誌で掲載されたものですが（タイトルもそのままです）、文庫で刊行していただくにあたって全文改稿＋加筆しました。お話の流れやキャラクターは変わりませんが、雑誌のボリュームではやや説明不足だったかな、という部分に膨らみを持たせ、文章も全体的に手を加えております。でも、そうしたら雅彦のキャラがどんどんウェット化の一途をたどり、これで攻めって許されるのか……と一抹の不安を抱えることに。そんなわけで、これはリーマンと高校生の年の差ラブではありますが、見方を変えれば「乙女攻め×純情受け」という何とも初々しさ全開なカップルとなりました。でもまぁ、雅彦は初登場シーンからしてあんな感じですので、後から「漢」を意識させたところでキャラ崩壊するだけですよね……。

ここで、ちょっとだけ心配が。もしかしたら、読者様の中には雅彦が受けだと思って読み進めてラブシーンでショックを受けている、なんて人がいるかもしれないですね。す、すみません。でも、これは大人が真っ直ぐな子どもに、攻めが受けに、救われて癒されて「君のために立派な攻めになってみせる！」と決意するに至る話なので（こう書くと、ますます身も蓋もない気が……）、ご理解いただけると嬉しいです。

このお話には、運命的な大きなドラマは何もありません。惹かれあう二人がタイミングのズレや小さな誤解を経て、ささやかな共感と愛情を育てていく地味な内容です。でも、誰かを好きになって愚かになり、無駄にジタバタしてしまうキャラたちを、愛おしいなぁと思いながら書かせていただきました。読んでくださった方にも、そんな気持ちが伝わっているといいなと願います。秋光は、この先うんと甘やかされるといいと思うよ。

今回の優しさ溢れるイラストは、シリーズ物でもお世話になっている穂波ゆきね様です。文字だけだと「情けない」ばかりの雅彦ですが、穂波様に描いていただくことで容姿端麗なリーマン、という唯一の取り柄は守れたかと（笑）。良かった……本当に良かった。また、高校生らしい真っ直ぐさや潔癖さを持つ秋光も、やはり穂波様の絵柄だからこそ生き生きと皆様の目に映ってもらえるのではないかと思います。毎回お世話になるたびに同じことを言ってしまいますが、本当に描いていただけて感謝です。どうもありがとうございました。

そうして、いつもの方もはじめましての方も、また新作でお会いできると嬉しいです。今年もあっという間に半分以上過ぎてしまいましたが、後半も頑張りますね。

ではでは、またの機会にお会いいたしましょう――。

神奈木　智拝

https://twitter.com/skannagi（ツイッター）http://blog.40winks-sk.net/（ブログ）

✦初出　あの夏、二人は途方に暮れて……………小説ラキア 2002年夏号
（※単行本収録にあたり、加筆修正しました）
そして、蜜月の秋がくる…………………書き下ろし

神奈木智先生、穂波ゆきね先生へのお便り、本作品に関するご意見、ご感想などは
〒151-0051 東京都渋谷区千駄ヶ谷 4-9-7
幻冬舎コミックス　ルチル文庫「あの夏、二人は途方に暮れて」係まで。

幻冬舎ルチル文庫

あの夏、二人は途方に暮れて

2013年7月20日　　第1刷発行

✦著者	神奈木 智　かんなぎ さとる
✦発行人	伊藤嘉彦
✦発行元	株式会社 幻冬舎コミックス 〒151-0051 東京都渋谷区千駄ヶ谷 4-9-7 電話 03(5411)6431［編集］
✦発売元	株式会社 幻冬舎 〒151-0051 東京都渋谷区千駄ヶ谷 4-9-7 電話 03(5411)6222［営業］ 振替 00120-8-767643
✦印刷・製本所	中央精版印刷株式会社

✦検印廃止

ISBN978-4-344-82881-0　C0193　Printed in Japan

『うちの巫女、もらってください』
神奈木 智
イラスト 穂波ゆきね
580円(本体価格552円)
事件をきっかけに恋人同士となり、想いを重ね、信頼関係を深める警視庁捜査一課刑事・麻績冬真と禰宜・咲坂葵。しかしある日、麻績に見合い話が持ち上がりそれを断っていたと葵が耳にしたことで、ふたりの仲はぎくしゃくしてしまう。捜査に忙殺される麻績は、葵とすれ違う日々で……!? 先輩刑事・矢吹&エリート警視正・蓜島の短編も同時収録。